ベリーズ文庫

愛してるけど、許されない恋
【ベリーズ文庫極上アンソロジー】

JN250273

STARTS
スターツ出版株式会社

目次

Rain or Shine～義弟だから諦めたのに、どうしたってあなたを愛してしまう～

白山小梅

プロローグ

あれは私が小学三年生の時だった。シングルマザーとして私を育ててくれた母親が再婚して、ひとつ年下の弟ができたのだ。

新しい父は穏やかで優しい人。それに反して新しい弟はやんちゃなタイプの少年だった。

授業中、先生に怒られている声が私の教室にまで響いてくる。そのたびに恥ずかしくなったが、廊下ですれ違うと必ず手を振ってくれたりするから、今までひとりっ子だった私は少し嬉しかった。

初めてできた弟と距離を縮められたのは、彼が分け隔てない態度で接してくれたからだと思う。

仲のいい家族――のはずだった。

時間が経つにつれ、背が伸び、筋肉がつき、声が低くなり、かわいかった彼の面影はなくなっていく。そのたびに私の心臓は驚くほど速く打ちつけ、呼吸ができなくなっていった。

私の感情を決定づけたのは、高校三年生の夏の出来事だった。

部活で帰りが遅くなった私は、駅の構内でキスをしているカップルを目撃した。女の子は嬉しそうにはにかみ、男の子は彼女の髪に優しく触れる。

横顔を見た私は呼吸を忘れ、涙が頬に伝った。

それは紛れもなく、弟の恵介《けいすけ》だったのだ。

私は居ても立ってもいられず、踵を返して走りだす。その時になってようやく理解した。

私は恵介が好きなんだって……。

でもこの想いが実ることはない。むしろ今みたいな感情に一生悩まされるのかもしれない。そんなこと耐えられないよ……。

私は地方の大学に進学し、そのまま就職した。極力家には帰らない選択をしたかった。だって恵介を前にしたら、きっと泣いてしまう。未来を悲観して押し潰されてしまうに違いない。

それなら会わなければいい。いつかこの感情を忘れられるまで、絶対に家には帰らない。

一・捕らわれの檻の中

外は今夜も熱帯夜になりそうなほどの暑さだったが、瑞穂《みずほ》はコシのなくなった髪を乱雑に後ろでひとつにまとめ、長袖のパーカーに身を包んだ体を自ら抱きしめるように両手できつく押さえた。

そのため、ただでさえ小柄な体がさらに小さく見える。頬はこけ、瞳には恐怖の色が滲んでいた。

時計の針を見ながら、速まる心拍数と高まる不安の中、ソファーに座ったまま小さくうずくまる。

(午後八時三十分。あの人が帰ってくるまであと五分……今日はなにもありませんように。大丈夫、なにも失敗してないはずよ)

両腕を摩《さす》りながら、そう自分に言い聞かせる。

その時ドアが開く音がして、慌てて玄関に向かう。するとドアの前には、色白の肌でやや白髪の交じった髪をきっちりと左右に分け、海外ブランドの細身のスーツに縁なし眼鏡をかけた夫の崇文《たかふみ》が、少しイラついた様子で疲れた顔をして立っており、瑞穂の顔を見ようともせずに靴を脱いでいるところだった。

「おかえりなさい。今、夕食の準備をするわね」

「ああ、そうしてくれ」

瑞穂が頷いてキッチンへ行こうとした時だった。

「おい、これはなんだ？」

瑞穂の体がビクッと震える。恐る恐る振り返ると、崇文が不愉快そうに下駄箱の上に置かれた一輪のバラの花を指差していた。

「あっ……あの……前の家の武田《たけだ》さんがくださったの。お庭にたくさん咲いているからって……」

恐怖心を悟られないよう、そして夫の機嫌を損ねないように説明をしていると、崇文に睨まれ口を閉ざした。

「瑞穂。俺は生の花の匂いが嫌いだって知ってるよな」

「ご、ごめんなさい！　あの……せっかく武田さんがくださったから……」

「もういい。疲れているんだ。早いところ処分してくれ」

「……わかったわ」

崇文が書斎に入っていくのを見届けてから、瑞穂はバラの花を手に取った。

(花に罪はない。でもあの人が嫌だと言ったらそれは絶対的なもの。従わなければならない。だってこの家は彼のもので、私を含めこの家のすべてが彼の収入で成り立っている。私はなにもできない役立たずなんだから)

キッチンのゴミ箱にバラを捨てると、瑞穂の胸は痛んだ。

(ごめんなさい……本当にごめんなさい……私にはなにもできないの……)

作っておいた料理を温め、皿に盛りつけてからダイニングテーブルに運ぶ。今日は彼の好きなビーフシチューにした。パンとサラダを並べたところで崇文が部屋に入ってくると、椅子に座って無言のまま食べはじめる。彼が味の感想を言わないのは当たり前。それを求めたら怒られる。

瑞穂は静かに彼の前の椅子に腰を下ろし、黙ったまま下を向いた。

「……ドレッシングがかかってないぞ」

「あぁっ、ごめんなさい！　今やるから待ってね」

瑞穂が立ち上がると、崇文は大きなため息をつく。

「家にいるんだから、これくらいのことはちゃんとやってくれよ。俺は仕事でクタクタなんだ」

慌ててキッチンに戻り、冷蔵庫からドレッシングを取り出そうとする。

「ええ、そうよね……本当にごめんなさい」

必死の思いで笑みを浮かべたのが間違いだった。

崇文はスプーンとフォークをテーブルに叩きつけると、キッチンにズカズカと入ってきて、瑞穂の長い髪を引っ張った。

「なにをヘラヘラしてるんだ！　俺は疲れてるって言っているよな！　いい加減怒らせるようなことはするな！」

「ご……ごめんなさい！」

髪を強く引っ張られたかと思うと、そのまま頬に平手が飛んでくる。倒れた体に蹴りが入るが、瑞穂はこらえるしかなかった。

「どうしてちゃんと家事ができないんだ！　お前がちゃんとしないのが悪いんだ！　なぜ普通のことができない！」

瑞穂が啜《すす》り泣きながら何度も謝ったため、ようやく崇文の動きは止まった。それから瑞穂のそばに座り、彼女の体を抱き上げて優しく撫ではじめる。

「あぁ、ごめんよ瑞穂。疲れていてつい口が悪くなってしまった……痛いかい？　冷やそうか？」

「ううん、大丈夫。私がちゃんとやっていればあなたを怒らせたりしなかったんだもの……ごめんなさい」

「わかってくれればいいんだよ。じゃあドレッシングを持ってきてくれるかな？」

「ええ、今持っていくから、食べながら待ってて」

「あぁ、よろしく」

崇文がキッチンからいなくなると、蹴られて痛む腹部を押さえながら立ち上がり、なんとか平静を保ちながら彼のもとへドレッシングを届ける。

「ありがとう。ああ、風呂を温めておいてくれるかな？」

「わかったわ」

瑞穂は返事をしてからすぐキッチンに戻り、ズキズキと痛む腹部を庇《かば》いながら給湯器の追い焚きボタンを押した。

＊　＊　＊

崇文が風呂に入ったタイミングで、瑞穂は自室に戻る。彼が寝室を別にしたいと言ったので、ふたりはそれぞれ自分の部屋を持っていた。

結婚してからもうすぐ一年になる。図書館司書として働いていた時に崇文に声をかけられ、交際が始まった。

崇文は弁護士という仕事柄か、細かいことに気が付くタイプだった。それは付き合っている時にも感じていたが、むしろ頼りになる人だと思っていた。基本的には優しかったし、いつもスマートにエスコートをしてくれたから。

交際を始めて三カ月ほどで崇文からプロポーズをされて結婚した。あまりにも唐突ではあったが、このまま彼を愛していければ恵介への想いもきっと忘れられるはず——。実家を出てから九年、二十七歳になっていた瑞穂はそう考え、プロポーズを快諾したのだった。

ただ結婚式に家族を呼びたくなかった瑞穂は、式はしなくていいから家を買おうと提案した。

崇文は友人が少なかったからか、その提案を喜んで受け入れた。それから戸建てを購入し、ふたりでの生活をスタートさせた。仕事を続ける気でいた瑞穂だったが、崇文に自分のサポートをしてほしいと言われたため退職した。

今考えれば、辞めるべきではなかったと思う。それでも彼のためにその選択をしたのだ。

最初のうちはお互い遠慮もあったし、付き合っているような感覚で過ごしていた。

しかし半年が過ぎた頃から、不穏な空気が漂いはじめる。

崇文の受け持つ案件が悉《ことごと》く負けの結果となり、その感情を家に持ち帰ることが増えたのだ。そしてなにが引き金となったかはわからないが、崇文は自身の苛立ちを瑞穂にぶつけるようになっていく。初めは罵声を浴びせるくらいだった。それから徐々に暴力が始まり、いつしか当たり前のようになった。

（私がいけないのよ……彼を怒らせるようなことをしたから……）

瑞穂は服を捲《まく》り、さらに増えた痣を見ながらデジカメとスマホの両方で写真を撮っていく。本当は一度だけDVの相談センターに電話をしたことがある。

でもいまだにこれがDVなのか、自分が彼を怒らせているせいなのかはわからない。ただ電話口の相談員から、気になったら写真などの記録をつけるように言われていた。

（見つかればもっとひどいことをされるかもしれない。私がもっとちゃんと家事をやればいいだけ）

……そう思うのに、なぜか証拠を残そうとする自分がいる。それはきっと恵介のことがあるからかもしれない。

母から恵介が予備試験に受かったと聞き、その後司法試験に受かったと報告を受けた。

ただ崇文は恵介の職業が検察官だと知った時、理由はわからないが怪訝な顔をしたのだ。それが瑞穂は不思議だった。

弁護士と検察官が身近にいることもあり、証拠の大切さはよくわかっている。

ただ夫の所業を写真に収めることが正しい行いなのかはわからなかった。

＊　＊　＊

それは突然やってきた。

体の痣のせいもあり、外出が億劫になっていた瑞穂は、ネットスーパーで買い物を済ませて家に引きこもるようになっていた。

日焼け対策と言い訳をして長袖を着たっていい。それでもなにかの拍子にバレてしまうのではと思うと怖くなる。

（だってそのことを崇文に責められたら、今までのような事態では収まらないかもしれないもの……。これ以上の暴力にはもう耐えられない）

怖いのに逃げ出せないのは、逃げた後の方がもっと怖いから……。

その時だった。突然インターホンの呼び鈴が鳴ったのだ。体をビクッと震わせる。

宅配便なら外の不在用の宅配ボックスに入れてもらおう。そう考えながらモニターに近寄る。しかしそこに映し出された人を見た瞬間、瑞穂は口元を押さえて思わず後ろに退いた。

「どうして……！」

モニターにはスーツ姿の男性が映り、カメラをジッと見つめていた。それは紛れもなく恵介だった。

彼のことが好きで仕方なかったあの頃と同じ、こちらを真っ直ぐに見つめる瞳から目が離せず、瑞穂の鼓動は高鳴り、そして苦しくなる。短く切り揃えられた髪は光り輝き、濃いグレーのスーツに身を包んだ姿は、彼の長身で細身の体をさらに際立たせている。あの頃から変わらないシャープな目鼻立ちや毅然とした雰囲気に大人の色気を感じ、瑞穂は思わず息を呑んだ。

まさか恵介が会いに来るなんて……嬉しいのに、今のこの状態で彼に会うことはできない。恵介は小さい頃から勘のいい子どもだった。だからこそ、瑞穂のちょっとした変化にも気付く可能性がある。

瑞穂は口を閉ざしたまま居留守を使うことを決めた。恵介がモニターに近寄り、再びインターホンを押す。瑞穂はモニターに映る恵介をただ見つめていた。

諦めたのか、モニターの前から恵介がいなくなる。そっと息を吐き、どこか寂しさを覚えながらも、これでいいのだと自分に言い聞かせた。

その時だった。瑞穂のスマホが大音量で鳴り響いたのだ。その音を止めようとして、慌てて通話ボタンを押してしまい、仕方なくスマホを耳に当てる。

「もしもし！」

《なんで居留守を使うわけ？》

なんて懐かしい声だろう……ずっと聞きたかった声。低くて、それでいて囁くように響く声。涙が出そうになる。

《瑞穂？》

「い、今忙しいの……だからダメ……」

必死に言葉を絞り出し、なんとか恵介が帰ってくれることを祈る。

《それは無理な相談だよ》

恵介の声が聞こえた途端、庭に面した窓が勢いよく開かれた。瑞穂は突然のことに驚き、大きく目を見開いた。

先ほどまでモニターに映っていたはずの恵介が、窓から部屋の中へと入ってきたのだ。恵介は口元に笑みを浮かべ、へたへたとしゃがみ込んだ瑞穂を見下ろしている。

実物の恵介を前にして、瑞穂は言葉を失った。

恵介は窓の外できちんと靴を脱いでおり、瑞穂のそばに立ったまま部屋の中を見回す。

「久しぶり」

「ふーん。まぁ普通の家じゃん」

「ど……どうして恵介がここにいるの？」

「ん？　仕事のついで。母さんが瑞穂の様子を見てきてくれって。瑞穂が大学入学と同時に実家を出てからもう十年だよ。そりゃ母さんだって心配するよ」

「そ、そうよね……ごめんなさい。あの、そうじゃなくて……家の場所なんて……」

「あのね、住所がわかればアプリで空からだって見られる時代だよ。年賀状に書いてあっただろ？」

「……年賀状」

家族宛に毎年送っていたものだったが、名古屋《なごや》と東京《とうきょう》だし、まさか誰かが来るとは思わなかった。

「結婚の挨拶だって俺がいない日を選ぶし、式はやらなかったし。義理のお兄さんに会ったのって結納の日の一度きりだよ。おかしな話じゃないか？」

「そ、そうよね……ごめんなさい」

瑞穂は両手で体を抱きしめて俯いた。恵介の顔を見ないように……見透かされてしまわないように、ギュッと目を瞑《つむ》る。

「瑞穂？　具合でも悪いの？」

恵介が肩に触れた瞬間、瑞穂は体を大きく震わせ後ずさる。急に触れられたことに恐怖を感じながらも、なんとか笑顔を作ろうとした。

「い、いきなりだからびっくりしちゃった。急に触らないでくれる……？」

恵介は口を閉ざし、瑞穂の様子を窺っている。

（どうしよう……この瞳が怖い……）

慌てて恵介に背を向けると、キッチンへと逃げ込んだ。

「あの……仕事は大丈夫なの？　顔は見たし、お母さんには元気だって伝えてくれる？」

「仕事は平気。今日は前乗りしただけだから、一日フリーなんだ」

「そう……なの……」

（恵介はなにが言いたいの？　わからないから怖い。早く帰ってほしい。じゃないと家事ができなくて、またあの人に怒られちゃう……）

「お義兄《にい》さんは？」

「仕事よ。いつも九時前には帰ってくるかな……」

「ふーん。ねぇ、アイスコーヒーある？　なければ麦茶とかでもいいけど」

「アイスコーヒーなら……待ってて」

瑞穂が言うと、恵介はダイニングテーブルの椅子に腰かけ、カウンター越しに瑞穂を見つめた。

（そういえば実家にいる時も、こうしてカウンター越しに会話したな……）

あの頃は牛乳をちょうだいなんて言われて、グラスを渡す時に触れる指にドキドキした。

コーヒーをグラスに注ぎ、ガムシロップとミルク、マドラーをトレーに載せて運ぶ。恵介の前に並べていた時だった。その手を突然恵介に掴まれたのだ。

急に恐怖に襲われ、瑞穂は必死に恵介の手を振り払おうとしたがかなわない。ただでさえ家に篭るようになって体力は落ちたし、この状況になってから思うように食事も摂れなくなった。

恵介は瑞穂の着ているパーカーの袖を上まで捲る。その腕を見て絶句したのがわかる。見えている部分だけでも、瑞穂の腕は青痣だらけだったからだ。

「なんだよ……これは！」

（バレた……！）

瑞穂はこの期に及んでもまだ抵抗する。

「は、離して！」

しかし恵介の耳には届かなかったようで、今度は前側のジッパーを勢いよく下ろし、瑞穂の体からパーカーを取り去ってしまう。

「やめて！」

「瑞穂……どういうことだよ。なんでこんなに痣だらけなんだ⁉」

「お願いだから見ないで……」

泣きだす瑞穂の体に視線を滑らせる恵介の目は、今にも爆発してしまいそうなほどの怒りに満ちている。

「誰にやられた⁉」

「どうだっていいでしょ……恵介には関係ないじゃない！」

「関係あるに決まってるだろ⁉　大事な家族が暴力の被害に遭っているのに、放っておくわけないじゃないか！」

嗚咽《おえつ》を漏らして泣き続ける瑞穂の背中に、恵介の手がそっと触れる。彼に優しく撫でられると、その温かさに安堵して抵抗する気が瞬時に消えてしまった。

「……旦那がやったのか？」

「ち、違うの！　私がいけないの……仕事もしないで家にいるくせに、家事を完璧にこなせないから——」

「なに言ってるんだ。この家を見ればわかるよ。瑞穂はちゃんと家事をこなしてる。むしろ綺麗すぎるくらい」

「でもまだ足りないの。きっとまた怒られちゃう……」

「怒られる？」

恵介が怪訝な顔をしたため、瑞穂はハッとして口を両手で覆った。しかしもう遅かった。彼の目はすべてを見透かしたかのように瑞穂を見つめ、髪をそっと撫でていく。

「いつから始まったんだ？」

「……は、半年くらい前」

「もう瑞穂はこれがDVだってことに気付いてるよな？」

それに対して頷くことができなかった。

（だって私がちゃんとしていたら、あの人は暴力を振るったりしないでしょ？）

目を伏せた瑞穂を見ながら、恵介は小さく息を吐く。

「じゃあ質問を変えるよ。どこかに相談はした？」

「……一度だけ。だから……一応証拠だけは残してある」

「いいね、上出来だ。その時にシェルターの話は聞いた？」

シェルターとは一時的に保護をしてくれる施設で、相談した時にもそこへ入ることを勧められた。でもずっと暴力を振るわれているわけじゃないし、優しい時だってある。だから一時的な感情でシェルターに入れば、彼をもっと怒らせてしまう気がして、自然と選択肢からは除外された。

「別に大丈夫よ……きっとあの人も疲れてるだけなの。ほら、私みたいな人間はひとりじゃなにもできないし、あの人も私の支えを必要としているし……それに……」

言い訳を探していたが、突然恵介に抱き上げられる。

「もういい。少し黙って」

「えっ……」

恵介は瑞穂を抱いたまま部屋の戸締りを始める。それから階段を見上げ、

「二階の窓は開いてる？」

と瑞穂に尋ねたので、彼女は勢いよく首を横に振った。

恵介は頷くと、瑞穂をそっと下ろして靴を履くよう促す。そして玄関の外に出ると、待たせていたらしいタクシーに乗り込む。

「『ロイヤルホテル』まで」

「ちょ……どういうこと？　ロイヤルホテルって……。ダメよ……私、一緒には行けない……」

しかし恵介は返事をせずに、瑞穂を座席に座らせた。なにもできないままタクシーが発車し、瑞穂は不安感に押し潰されそうになる。だがその途端、恵介に手を握られる。

息が止まるかと思った。たったそれだけのことで昔の恋心が再燃したかのように、胸が熱くなるような感覚に陥った。

二．新たな不安と希望

タクシーから降りた瑞穂は、パーカーにデニムという普段着で来てしまった自分が恥ずかしくなる。家から出ないと決めた日は化粧もしないので、今の自分が散々な姿であることはわかっていた。

それでも恵介はなにも気にしないような素振りでエレベーターに向かう。その間もずっと手を握られたままだった。

到着したエレベーターに乗り込み、恵介は八階のボタンを押す。モーター音だけが響き、静かな時間の流れを感じる。

（いったいなにが起こっているんだろう……。どうして私は恵介とホテルに来ているのだろうか）

エレベーターが止まり、恵介に手を引かれ歩いていく。八〇五号室のドアの前で立ち止まり、カードキーをかざした。部屋の中へと招かれ、おずおずと足を踏み入れる。

駅前にあるこのホテルからの眺めは、もう何年も見続けてきた代わり映えのしない景色だった。それなのにどうしてか、今日はいつもより輝いて見えた。

窓辺に近寄り、街を眺めながら立ち尽くす。ホテルなんていつ以来だろう。体に痣が目立つようになってから、崇文は旅行に行こうとはしなくなった。休みの日でさえ家にいるだけの生活だった。

ようやく顔を上げた瑞穂は、部屋の中を見回す。ツインのベッドとふたり用のテーブルと椅子、それから壁際に大きな鏡のついた机が置かれただけのシンプルな部屋。ドアのそばの収納にはスーツのジャケットがかかっており、キャリーバッグが置かれているのも見えた。

恵介はベッドに腰かけ、瑞穂に隣に座るよう促す。戸惑いながらも瑞穂は恵介の横に座った。

「あの、できれば早く帰りたいの……。夕飯の支度もあるし、それに……」

「残念だけどそれは無理だよ」

「……どういうこと？」

「瑞穂をあの家には帰さないってこと。しばらくここで生活してもらうよ」

「そんなの困る！　だって私が帰らなかったら……」

掴みかかった瑞穂に、恵介は優しく微笑んだ。

「お義兄さんが怒る？　大丈夫。俺から連絡しておくから安心して」

「そ、そんなのダメよ！　そんなことしたら……」

「大丈夫だから。瑞穂はなにも心配しなくていい。俺はこれから買い出しに行ってくるけど、この部屋から出たらダメだよ。もし出たら、すべてを母さんに話すから」

「やめて！　お母さんには言わないで！」

「じゃあ部屋から出ないこと。わかった？」

「……わかったわ」

「よし。じゃあ少し休んでて。すぐに戻るから」

瑞穂が頷くのを確認し、恵介は部屋から出ていった。

◇◇◇◇

恵介は瑞穂の体に合いそうな下着や服を買い込み、再びホテルに戻ってきた。

エレベーターのドアが閉まると、様々な感情が湧き起こる。怒りの占める割合が大きかったが、それ以外にも悲しみや、安堵、そして瑞穂への愛しさが胸いっぱいに広がっていた。

瑞穂の弟になってから、姉となった瑞穂の危なっかしさにヒヤヒヤしながら、彼女を守るのは自分に与えられた使命なのだと思うようになっていった。

どこか天然で、頼まれ事はつい引き受けてしまう。騙されているとは知らずにほいほい男についていきそうになったこともあるし、自称友人だという奴らに奢《おご》らされている場面に遭遇したこともあった。そのたびに瑞穂を救い出してきたのは、紛れもなく恵介だったのだ。

ただ大人になるにつれ、いつしかそれ以上の感情を抱いていることに気付く。それは決して抱いてはいけないもの。口にすれば家庭を壊しかねない。

だからずっと胸にしまってきた。瑞穂を忘れるために、彼女に似た人と付き合ったりもした。それなのに、どうしたって瑞穂と比べてしまう。そして瑞穂を愛していると自覚させられた。

瑞穂が家を出た時は、正直ホッとした。でも家に瑞穂がいないだけで、空虚感に苛《さいな》まれた。ぽっかりと空いてしまったその場所を埋められるのは、瑞穂以外の何者でもないのだと知った。

結婚をすると報告が来た一年前、恵介は失意のどん底に落とされた。いつまでも瑞穂を引きずるわけにはいかないとわかっていても、彼女を他の男に奪われたことへの失望感は大きかった。ただ同時に、この感情に終止符を打つべきだとも悟ったのだ。

だからその報告を受け入れた。

だがそれ以降、音沙汰がまったくなかった。独身の時以上に連絡が途絶えてしまったのだ。

そのことを心配した母親が、

『瑞穂、なにかあったんじゃないかしら……』

と言いだした。

ちょうどテレビで夫が妻を刺し殺したというニュースが流れていたからかもしれない。たまたま名古屋での仕事が入った恵介が様子を見に行くことになったのだ。

もう十年……あの頃みたいにふんわりとした笑顔で笑いかけてくれるだろうか。あの甘ったるい声で名前を呼んでくれるだろうか。そんな期待をしつつ、インターホンの呼び鈴を押した。

しかし恵介の目の前に現れたのは、驚くほど痩せ細り、生気のない瞳で、なにかに怯えて震える体を守るように縮こまる瑞穂だった。

わざと居留守を使おうとし、この暑さの中で、家の中でまで長袖を着ていた。その姿を見て、恵介はすぐに察する。

仕事でたまたまＤＶ案件を担当したことがあり、恵介にはＤＶに関する知識があった。それらの特徴のいずれもが、瑞穂がDV被害者であることを物語っていたのだ。まさか瑞穂がDVの被害に遭っていただなんて思いもしなかった。母親に虫の知らせのようなものが届いたのは、やはり実の親子だからこそなのだろう。

エレベーターが八階に到着し、恵介は部屋へと向かう。

今の瑞穂に脅しのような言葉を使うのは、本当はよくないとわかっていた。それでもあの男のもとへ戻してしまえば、もう瑞穂をあの家から引き剥がすのは無理な気がした。

母親を引き合いに出せば瑞穂が諦めることはわかっていた。心の中で母親に頭を下げつつ、この後の手立てを考えなければいけない。

ドアにカードキーをかざして扉を開ける。部屋の中は誰かがいるとは思えないほど静かだった。恵介が慌てて部屋に入ると、ベッドに横になって寝息を立てている瑞穂が視界に入り、ホッと胸を撫で下ろした。

机の上にたくさんの紙袋を置き、瑞穂が寝ているベッドにそっと座る。それから瑞穂の髪を撫で、頰に触れる。目の下には隈があり、夜も眠れていないことを連想させた。

どうして実家に帰ろうとしなかったんだ……そう心の中で問いかけるが、理由は先ほどの瑞穂との会話で十分すぎるほどわかっていた。

『私がいけないの……仕事もしないで家にいるくせに、家事を完璧にこなせないから──』

仕事もしないで家にいる〝くせに〟──これはきっと夫に言われた言葉なのだろう。瑞穂を認めず、自分の支配下に置こうとする言葉のDVだ。昔はあんなに謝ることはなかった。

『別に大丈夫よ……きっとあの人も疲れてるだけなの。ほら、私みたいな人間はひとりじゃなにもできないし、あの人も私の支えを必要としているし……』

そして飴と鞭を使い分け、本当は優しい人なのだと縛りつける。

最悪なのは、瑞穂にひとりではなにもできないと信じ込ませ、自己肯定感を奪う行為だ。まるで催眠術にかかったかのように、瑞穂は夫の言いなりになっていったのだろう。

（もともと家族とは離れて暮らしていたから、親は頼りにならない、自分だけが味方だとでも言って丸め込んだんだろうな）

『あの、できれば早く帰りたいの……。夕飯の支度もあるし』

そうしなければまた怒られる。暴力を振るわれる。自分を守るための手段が、〝夫の言う通りにする〟なのだ。言うことを聞いていれば、これより怖い目には遭わないと思い込んでいるに違いない。

パーカーの隙間から見える痣が、恵介の怒りを再燃させる。

(こんなに優しくて素直な瑞穂に手を上げるなんて、俺は絶対に許さない)

今回は東京で起きた事件との関連を調査するための出張。日数はそんなには取れない。だとしても瑞穂をこのままここに置いていくようなことは絶対にしない。

必ず瑞穂を連れて帰ると恵介は決意した。

◇◇◇◇

カチャンという金属音がして、瑞穂はビクッと体を震わせた。ゆっくり目を開けると、恵介が困ったような笑みを浮かべていたため驚いて勢いよく起き上がる。

「ごめん。お昼食べてなかったからさ、近くのお店でテイクアウトしてきたんだ。なかなか美味しそうだよ」

(あぁ、そうだ。午前中に恵介が家に来て、このホテルに強引に連れてこられたんだわ)

恵介はテーブルに袋を置くと、中からベーグルやケーキを取り出して並べていく。長い指と無駄のない動き、柔らかな表情に思わず見惚れた。

（私が知らない間に、恵介はこんなにも大人の男性になったのね――）

スマートな仕草にドキドキしながらも、テーブルに置かれた食べ物に目が行ってしまう。

なんて美味しそうなんだろう……そう思うと、ついお腹の虫が鳴きだした。

「あはは！　お腹は素直だな！」

「だ、だって……！」

恵介に手招きをされ、瑞穂は困惑しながらも少しずつ恵介との距離を詰めていく。

「瑞穂が好きだったスモークサーモンのベーグルがあったから買ってみたよ。今も好き？」

「うん、大好き……しかもクリームチーズ入り？　大好物ばかりじゃない」

「よかった。この十年で好みが変わってたらどうしようかと思った」

椅子に座りベーグルを頬張ると、涙が出てきた。外に出るのが怖くて、なかなか好きなものを買いに行ったりできなかった。自分の好みより崇文の好きなものを優先してきたから、こうして自分の好きなものを優先してくれる恵介の配慮が嬉しい。

「あっ……恵介は食べたいものあった？」

「大丈夫。俺はローストビーフのベーグルにしたから」

「……好きなの？　ローストビーフ」

「大好き。いろんな店のローストビーフ丼を食べて、SNSに写真を上げまくってる」

「意外！　恵介ってそういうことするんだ！」

「するよ。好きなものにはかなり執着するからね」

そう言ってから、瑞穂をジッと見つめる。

いろいろやんちゃなことをしてたけど、なにに対しても真っ直ぐで一生懸命。思ったことを曲げない強さがあった。だから検察官になったと聞いた時は納得した。彼ほど正義感が強い人はいない――変わらない恵介を前にして、変わってしまった自分が情けなくなる。

「あの……お父さんとお母さんは元気？」

「相変わらずだね。みんな俺のことなんかそっちのけで瑞穂を心配してる」

「そ、そんな……ごめんなさい。ずっと連絡もしてなかったから……」

「謝らなくていいよ。心配してたのは俺もなんだから。どうせ今は仕事ひと筋だし、恋愛とか結婚とかはまったく意識してないしね。だから両親も俺の私生活についてはなにも言わないんだけど」

　仕事ひと筋と聞いて、瑞穂は今の恵介を知りたくなった。

「あの……彼女とか……いないの？」

「予備試験、司法試験、どっちもすごく大変なんだよ。そんな暇あると思う？」

「ないの？」

「ある人はあるだろうけど、俺はなかった。今だって必死に勉強中。でもすごく楽しいんだよ。一生独身もアリかと思うくらい、充実してる」

「そうなんだ……」

（恵介に恋人がいないことを知って、こんなに嬉しくなるなんて……）

　自分はまだ彼が好きで仕方ないんだと自覚する。

（でも私は今結婚している。それなのにこんな感情を抱くなんてあってはいけないこと）

「そういえばこの間父さんがさ、ボウリング大会で優勝してさ」

「えっ、すごいねぇ！」

「母さんはフラメンコ始めた」

「今度はフラメンコ？　いつまで続くかなぁ」

他愛もない会話。それがこんなにも懐かしくてホッとする。瑞穂が落ち込んでいたりすると、恵介はいつも楽しい話をして励ましてくれた。

（いつも私のそばにいてくれた恵介。手に入らないのにそばにいるのがつらかった。でも今はこうしてそばにいてくれるだけで安心するの）

「瑞穂、この部屋は好きに使っていいから。俺は後で別の部屋を取るから安心して」

そう言われた途端、瑞穂は突然恐怖に襲われる。

（ひとりになる……そこにもし崇文が来たら？　また怒られる……！）

「ま、待って！　ひとりにしないで……崇文が来たら……私……。お願い……恵介が嫌じゃなければ一緒にいてほしい……！」

恵介は立ち上がると、瑞穂の前に跪《ひざまず》く。両手を伸ばして彼女の顔を包み込むと、優しく微笑んだ。

その瞬間、瑞穂の胸は強く掴まれたかのように苦しくなる。

（私、この笑顔が好きだった……。私に優しく触れる指も、耳にそっと溶ける声も、本当はずっと独り占めしたかったの――）

「瑞穂が嫌じゃなければそばにいるよ。瑞穂を守るのが俺の使命だからね」

「……使命？」

「うん、こっちのこと。気にしなくていいよ。大丈夫、俺がすべてのことから瑞穂を守る」

恵介に力強く言われ、瑞穂はただ頷いた。

◇◇◇◇

瑞穂が風呂に入ったタイミングで、恵介はある人物に電話を入れた。呼び出しのコールが鳴り響く中、怒りを抑えるため胸元に拳を押し当てる。

《もしもし、『澤村《さわむら》弁護士事務所』です》

(なんて胸糞悪い声だ)

電話に出たのは崇文本人だった。

「お久しぶりです。覚えていらっしゃいますでしょうか、瑞穂の弟の恵介です」

《……あぁ、恵介くんでしたか。お久しぶりですね。会ったのはたった一度でしたが……なにかご用ですか?》

しばしの沈黙が流れ、含みのあるような言葉が返ってくる。

「ええ、実は仕事で近くまで来ているんです。前乗りしてやってきたもので、せっかくだから瑞穂に案内をしてもらおうと思いましてね。月曜日から調査が入るので、明後日まで私の宿泊しているホテルを起点として、たっぷり観光をしたいんですよ」

《……それで？》

「今日から三日間、瑞穂をお預かりしたいと思いまして」

《あはは！　それは困りましたね。私は彼女がいないとなにもできないんですよ。食事の準備も洗濯も掃除もさっぱりです。彼女にはやることがありますし、もし観光をするにしたって家からでもできますでしょう。なんなら私が同行しましょうか？》

恵介は苛立つ気持ちを抑えつつ、作り笑いをして心を鎮める。

「瑞穂に聞いたんですよ。やることがたくさんあるって。それならむしろ観光でもしながら休息を与えることも大切じゃないかと思いましてね。近頃はほとんど外にも出ていないと言いますし、たまには家族水入らずの時間をゆっくり過ごさせてやるのも優しさだと思うんです」

崇文が黙り込むのがわかる。必死に次の一手を探しているのだろう。だがそんなことはさせない。

「そういえば澤村さん、聞きましたよ。今抱えている案件、かなり難しいものだそうですね」

これは事実だった。知り合いの弁護士からの情報で、自分の力量に合わない案件ばかりを引き受け、負けが続いているらしい。

「瑞穂のことは気にせず、そちらの準備に時間を使ってください。今度こそ勝てるといいですね」

電話口の向こう側から舌打ちが聞こえる。相当腹が立ったに違いない。だとしても瑞穂への行為は、こんなものでは済まされない。

《……わかりました。日曜日の夜には妻を帰らせてください》

「なるべく譲歩しましょう。まぁ……状況次第ですが」

そしてすぐに恵介は電話を切る。沸々と湧く怒りをグッとこらえた。

（あんな奴のところに瑞穂を帰してなるものか）

それから恵介はスマホを持ち直し、別の場所へと連絡を入れた。

◇◇◇◇

風呂から出た瑞穂は、恵介が誰かと電話で話しているのを見て困惑した。崇文に連絡をしているのだと思い、胸が苦しくなる。

だがすぐに笑い声が聞こえてきたため、勘違いだったとホッと胸を撫で下ろす。
その時、瑞穂の姿に気付いた恵介が手招きをしたのだ。それからスマホを瑞穂に手渡す。誰との電話かもわからず、おどおどしながらスマホを耳に当てた。
「も、もしもし……？」
《あらっ！　瑞穂なのね！》
それは大好きな母親の声だった。
《もうっ、ずっと連絡寄越さないんだから！　恵ちゃんが会いに行ってくれなかったら、きっと連絡ないまま一生を終えていたわよ》
「うん……ごめんなさい……」
《どう？　元気なの？　ちゃんとご飯も食べてる？》
「うん、大丈夫だよ。ありがとう」
《それならいいの。遠いのはわかるけど、時間見つけて家にも顔を出しなさい！　わかった？》
「うん、わかった」
《私はあんたのお母さんなんだからね。いつでもずっと心配してるのよ！》
「うん……」

涙があふれ、次の言葉がなかなか出てこない。恵介は瑞穂の手からスマホを受け取ると、彼女の頭を撫でながら抱き寄せる。

（なんて温かいんだろう……人肌ってこんなに優しかったっけ……）

恵介の香りに包まれ、力が抜けそうになる。

「はいはい、わかってるよ……うん、じゃあね」

会話を終えた恵介は疲れたように苦笑いをすると、スマホを机の上に置いた。

「母さん、元気すぎる……」

「あはは！　でも久しぶりに声が聞けて嬉しかった。ありがとう……」

「ようやく瑞穂の笑い声が聞けたな。それにありがとうも」

「えっ……」

「気付いてなかった？　瑞穂、ずっと〝ごめんなさい〟しか言ってなかったんだ」

つい謝ることが癖になっていた。それが自分を守る合言葉だったから。悪いとを認めないと許してもらえない。だったらすぐに謝ってしまえばいい。

「あっ……ご……」

言いかけて、その口を恵介の手によって塞がれる。

「ここはごめんなさいじゃないよ。俺は質問したんだから、イエスかノーで答えればいい」

　恵介の手が離れ、瑞穂はゆっくり考えてから口を開いた。

「気付いてなかった……」

「うん、じゃあ今気付けてよかった」

「……気付かせてくれてありがとう」

「いいね、二回目の〝ありがとう〟。嬉しくて調子に乗っちゃいそうだ」

（嬉しい？　ただ『ありがとう』って言っただけなのに？）

　思いがけない言葉に瑞穂の方が嬉しくなる。こんな気持ち、ずっと忘れていた。

「そうだ。さっき買ってきた服をクローゼットにかけたから、明日はそれ着て出かけよう」

「……出かける？」

「そう。レンタカー予約したし、お義兄さんにも許可を取ったから安心して。明後日まで楽しもう」

〝お義兄さん〟と聞いた途端、体に震えが走る。

「大丈夫だよ。なにもなかったから」

「……本当？」

「本当。心配しなくていいよ」

「わかった……」

どうして恵介の言葉はこんなにも安心できるのだろう。

（それはきっと、私が崇文よりも信頼して心を開いているから……）

＊＊＊

昼間に少し寝てしまったからだろうか。なかなか寝つけない。崇文に恵介といることを知られてしまったのは仕方ない。ただ、弟であるはずの恵介に抱いている感情だけは悟られないようにしなければ――もしバレたらと思うと怖くて仕方なかった。でも隣に恵介がいることで安心感もあった。

瑞穂はそっと起き上がると、隣のベッドに目を向ける。恵介はこちらに背を向け、肩をゆっくりと上下させている。きっとぐっすり眠っているに違いない。

瑞穂はベッドから下りると、はだけてしまったガウンの前を合わせ、恵介のベッドに近付く。彼の頭を撫で、背中に頬を寄せた。

小さい頃からそばで嗅いできた香り。いつの間にか大人の男の人の匂いになり、幾度となく瑞穂の心を揺さぶった。

(欲しくて欲しくて、でも手に入らない。今でも私はあなたを心の底から欲してるのがわかるの)

「恵介……起きてる……?」

確認のために声をかけるが、恵介は微動だにしない。

(大丈夫、恵介は寝てる。この想いを今吐き出したって、誰も聞いていないわ)

瑞穂は恵介の肩に額を押しつけ、心に被せた蓋を、喉元に締めた栓を開け放つ。

「恵介がずっと好きだった。……欲しくてたまらなかった。叶わないのがわかっていたから逃げ出したの。……今でもあなたを愛してる」

(あぁ、やっと言えた……)

胸の支えが取れたように、力が抜けていくのがわかった。これでスッキリした、もう二度と恵介への想いは口にはしないと瑞穂は誓う。

名残惜しいけれど恵介から離れようとしたその時だった。恵介が勢いよく起き上がり、瑞穂の腕を掴むと、そのまま彼女の体を自身のベッドの中へと引きずり込む。

瑞穂はなにが起きたのかわからず、混乱したように視線をキョロキョロと動かす。

「今のって本当……?」

恵介の声に体を震わせ、ゆっくりと彼の顔を見る。眉間に皺を寄せ、頬を赤らめ、どこか苦しそうな表情で瑞穂を見つめていた。

「……うん……本当。ごめんなさい……んっ……」

突然恵介に唇を塞がれる。貪るように唇を吸われ続け、瑞穂は息をすることを忘れてしまう。

「ごめんなさいじゃないよ……今でもってどういうこと？　じゃあどうして結婚なんかしたんだよ」

「だって……弟を好きだなんて言えないじゃない」

「義理だろ⁉　なにもおかしなことはないじゃないか」

そこまで話して、恵介はハッとした。

「まさか家から出て、帰ってこなかった理由って……」

瑞穂は目を伏せ、顔を背けた。

「そうよ……恵介への気持ちを抑えられなくなると思ったから。それにもしあなたに恋人ができたりしたら、きっと嫉妬に狂っておかしくなると思ったの……。だから離れたのに……バカみたい、全部失敗。好きでもない人と結婚して、暴力振るわれて、挙句にあなたをまだ好きだって自覚した……。私って最低……」

恵介は瑞穂の顔を自分の方に向かせると、再びキスをする。ゆっくりと舌を差し入れ、頑なな瑞穂の唇をこじ開けていく。

これはいけないことだって頭の片隅ではわかっている。だって瑞穂には夫がいるのだから。それなのに襲いかかる甘い欲望が、そんなことどうでもいいと投げやりな気持ちにさせていく。

瑞穂はうっとりと目を閉じ、観念したかのように恵介を受け入れると、絡み合う舌の感覚に体の芯が熱くなるのを感じていた。

「瑞穂……俺は弟になったあの日から、瑞穂を守るのは俺なんだって思ってたんだよ」

恵介は瑞穂のガウンの紐を器用に解いていく。

(あぁ、もうダメだ……堕ちていく。そんなことを言われたら、もう元には戻れなくなる)

「ずっと瑞穂が好きだった。でも……俺も同じ、叶わない想いだってわかっていたから、瑞穂に似た人と付き合ったりもした。でもね、瑞穂の代わりはいないんだ」

露わになった肌に残る痣は、恵介の想像を越える数だったのだろう。彼は悔しそうに唇を噛んだ。

「愛してるよ。俺は瑞穂さえいればいい……あんな奴のもとになんて帰さないから」

恵介は瑞穂のブラジャーを外すと、胸の頂を口に含み舌でじっくり舐《ねぶ》りながら、反対の胸を指で執拗なまでに弄《いじ》っていく。徐々に瑞穂の呼吸が荒くなり、甘い吐息が聞こえると、恵介の動きもそれに合わせて激しくなっていく。

「恵介……もっと……。恵介の全部が欲しいの……恵介しかいらないから……」

「わかってる……俺のすべてを瑞穂にあげる。だから俺も瑞穂のすべてを奪うよ。それでもいい？」

瑞穂の目からは涙があふれ、何度も何度も頷いた。

恵介の指が瑞穂のショーツの中へと滑り込み、敏感な部分を細かな指の動きで攻めると、あふれ出る蜜の音がいやらしく響き渡る。

「瑞穂の体……俺が欲しくてたまらないって言ってる」

そう言うと、恵介は瑞穂にキスをしてから耳元でそっと囁く。

「挿れるよ」

息を呑んだその瞬間、恵介がゆっくりと瑞穂の中へと入ってくる。今までに感じたことがないくらいの悦びと快感の波が押し寄せ、心と体のすべてが満たされていくのを感じた。

「愛してる……瑞穂」

「ん……私も愛してる……」

瑞穂は恵介の首へと両手を回すと、ゆっくりと体を起こし、彼の上へと跨《また》がる。キスをしながら絶頂へと向かっていく感覚は、今まで味わったことのないものだった。夫とのセックスでは味わえなかった絶頂を、弟とひとつになる悦びを味わいながら迎えようとしている。後ろめたい気持ちはあるのに、ようやく恵介と結ばれたことが幸せだった。

(私の中に恵介がいる。もう離したくない。私って最低ね……)

そう心の中で呟きながら、瑞穂は恵介の熱い腕に包まれて果てた。

三．甘やかな罪

朝日が柔らかな明るさを部屋へともたらす。頭の下にはやや硬い感触……腕枕なんて久しぶりだ。瞼をゆっくりと開けた瑞穂は、恵介の寝顔を見て一瞬驚いたものの、昨夜のことを思い出して胸が熱くなる。

まさか恵介も同じ気持ちでいてくれただなんて、いまだに信じられなかった。それでもあんなに何度も意識が飛ぶくらい愛し合ったのは、初めての経験だった。

足を動かそうとすると股関節が痛み、思わず笑ってしまう。

「なに笑ってるの？」

突然声がしたので顔を上げると、恵介がニヤニヤしながら瑞穂を見ていた。

「あっ……起こしちゃった？」

「大丈夫。それより体は平気？　ちょっとハメ外しすぎちゃったからさ」

「うふふ、それで笑っちゃったの。股関節がすごく痛いから」

「あぁ、なるほど。だってようやく瑞穂の気持ちがわかったら、我慢なんてできるわけがない」

恵介は起き上がると、瑞穂のかけ布団を取り去る。それから眉間に皺を寄せた。朝日のもとで改めて見てみると、瑞穂の体の痣がどれほどひどいものかわかるからだろう。

その様子に気が付き、瑞穂は苦笑いをした。

「自分で見てもひどいなって思う。だから恵介に見られるのも、本当はすごくつらい……。綺麗な肌じゃないから……」

恵介は瑞穂の肌に指を滑らせる。

「殴られるの?」

「うん……大抵は床に叩きつけられてから殴られる。それから蹴られることが多い……」

瑞穂が話し終えると、恵介は彼女の体に覆いかぶさり唇を重ねる。

(きっと私の言葉を彼が呑み込んでくれたのね。だってまた自分を卑下するようなことを言ってしまいそうだったから)

「ありがとう、恵介」

すると恵介の唇が、ゆっくりと下りていく。瑞穂の体の痣のひとつひとつに恵介のキスが降り注いだ。まるで治療のようだ。心地よさが勝って、痣の痛みも心の傷も吹き飛んでしまいそうだった。

「瑞穂は綺麗だよ。この痣は瑞穂のせいじゃない。本当に昔から変なところで我慢強いからなぁ。だから……俺が守らないと」

「……それって義務とか、そんな感情ではない？」

恵介はキョトンとした顔で瑞穂を見てから、大きな声で笑いだす。

「あはは！ 心配しなくても大丈夫だって。義務なんかじゃないよ。そうだな……強いて言うなら、愛情とか独占欲かな」

「独占欲？ そんなの小さい頃にもあったの？」

「もちろん。俺の瑞穂に近寄るんじゃないっていつも思ってた」

瑞穂の頬がみるみるうちに熱くなり、恥ずかしさで目を逸らす。

「……セックスはいつぶりだった？」

「ん……半年かな。暴力が始まってから、そういうのはなくなったから……」

恵介は我慢の限界を迎えたのか、瑞穂の胸の頂に吸いつく。瑞穂の口からかわいらしい吐息が漏れると、居ても立ってもいられないという様子で足を開かせ体を滑り込ませる。彼女の中を指で探っていく。昨夜あれだけ何度も瑞穂の中で果てたからか、彼女の中はいつでも恵介を受け入れる準備ができていた。

蕩《とろ》けるような視線を向けられてしまっては、理性を保つことは無理な話だった。

瑞穂の足が恵介の体に巻きつけられると、恵介は躊躇なく彼女の中へ自分のモノを挿入する。激しい動きに合わせ、瑞穂から甘い声が漏れる。

彼のことが心から愛しくて仕方なくて、何度もキスを繰り返し、舌が絡み合い、快楽の波に呑み込まれ、そして恵介は瑞穂の中にすべてを解き放った。

「恵介……」

＊　＊　＊

シャワーを浴びてからタオルを巻いて外へと出た瑞穂は、クローゼットの扉を開けて、昨日恵介が用意してくれた服を眺める。

首元がきちんとしまったブラウス類が多く、足元はパンツやロングスカート、レギンスまで準備されていた。羽織のカーディガンはしっかりとした素材のもので、体が透けない安心感があった。

(恵介、いろいろ考えて買ってきてくれたんだろうな……)

彼の気遣いは昔から変わらない。

瑞穂は黒のブラウスと、グリーンのカーディガン、ゆったりとしたデニムパンツを合わせると、歩きやすいように足元は履き慣れたスニーカーにした。

どこかに出かけるなんて久しぶりだから、ちょっとドキドキする。

その時、瑞穂と入れ替わりで浴室に入った恵介が出てきた。瑞穂の姿を見て、どこか嬉しそうに頬を緩める。

「うん、やっぱり似合うな」

恵介に言われ、瑞穂は恥ずかしくなる。

(誰かに褒めてもらえるなんていつ以来だろう。こんなに嬉しいことだったっけ……)

着替えを終えた恵介が、ドアの方から手招きをする。慌ててカバンを持って駆け寄ると、壁に押しつけられてキスをされた。

唇が離れると、額同士をくっつけてクスッと笑う。

「これから外に出たら、俺たちは仲よしの姉弟《きょうだい》。誰が見てるかわからないからね」

「うん、わかった」

「だけどまたこの部屋に戻ったら……わかる？」

「……また……する？」

「うん、たくさん甘えさせてあげる」

甘えるってどうやるんだっけ……そう考えていたら恵介に再びキスをされた。唇が離れてしまうのが残念だった。

「出かけるのも楽しみなのに、このまま部屋にいてもいいかなって思っちゃう」

「まぁね。でもせっかくだしさ、案内してよ」

そう言われ、瑞穂は小さく笑うと頷いた。

「よし、じゃあ行こうか」

「うん……」

これは不倫。自分は夫を裏切った。夫より愛する恵介のものになった。それなのに後悔していない自分が怖くなる。

（恵介のそばにいたい。離れたくない。この気持ちはどうすることもできないの）

ふたりは少しだけ距離を取ると、ホテルの部屋を後にした。

＊　＊　＊

恵介が事前に調べていた観光地をレンタカーで回っていく。ここでの暮らしが長い瑞穂でさえ行ったことのないようなマイナーな観光地もあり、どこか新鮮な気持ちで楽しむことができた。

中でも岐阜《ぎふ》県恵那《えな》市にある岩村《いわむら》城という山城跡に連れていかれた時は、スニーカーを履いてきた自分を褒めた。

(そうよ。恵介って子どもの頃から戦国武将が大好きで、旅行に行くたびに近くにあるお城に行きたがった)

岩村城への山道を歩きながら石垣や階段を写真に収め続ける恵介を、瑞穂は昔に戻ったような気持ちで見守っていた。そしてふと思い立ち、恵介に話しかける。

「ここはどういうお城なの?」

恵介のお城や戦国武将の知識は豊富で、様々なことを話して聞かせてくれたものだった。

「さっき歩いてきた城下町、あそこは〝女城主の里〟って呼ばれているんだ」

「じゃあ女城主だったの?」

「そう。織田信長《おだのぶなが》の叔母のおつやっていう女城主だったんだけど、夫が亡くなって、養子として迎えた子どもを育てながら、ひとりでこの里を守っていたんだ。だけど武田《たけだ》軍の二十四将のひとりに侵攻されて、三カ月の籠城。信長の助けもなかなか来ない。もうダメかと思ったら、なんとその人物が、自分の妻になることを条件に無血開城を申し入れてきたんだって。悩んだ末にその条件を呑んで里の人間を守った」

「……その人はどうなったの？」

「そんな出会いのふたりだったけど、夫婦仲はよかったんだ。ただ勝手なことをしたせいで織田信長の怒りを買っちゃったんだよね。織田軍に攻められ、領民と自分たちの命を守るという約束をして開城したのに、ふたりは殺されてしまった」

「でも領民は守られた？」

「そう。だからいまだにここでは女城主への感謝を忘れていないんだって」

「波瀾万丈だね……」

「戦国時代なんてそんなものだよ。語り継がれないけど、もっと壮絶な経験をしている人がたくさんいたんじゃないかな」

自分を犠牲にして領民を守ったおつや。瑞穂はそっといまだに痛みの残る腹部に触れる。

（私は自分を犠牲にしてなにを守っているんだろう。体裁？　自分の居場所？）

それは自分を犠牲にしてまで守るべきものなのだろうか。

「恵介といると、すごく勉強になる」

「戦国時代の豆知識ならいくらでも教えてあげるよ」

「あはは！　さすが恵介だね。楽しみにしてる」

本丸が近付いてくると、緑も深くなっていく。瑞穂は大きく息を吸い込んだ。

「空気が美味しい……」

清々しい空気を胸いっぱい吸い込むと、体中の毒素が出ていくような気がした。

（弱虫ではっきり言えない自分が、このまますべて消えてなくなればいいのに……）

ふと頭の中に崇文の姿が現れゾッとする。

（あそこには帰りたくない……でもそんなことは無理な話。明日の夜にはあの禍々《まがまが》しい空気の漂う家に帰らなきゃいけないのね）

そう考えると気持ちが落ちていった。

＊　＊　＊

車を返却してから、ふたりは夕飯を食べるため店に向かう。人の目がある間は姉弟としての距離感を保ちながら、会話を楽しんでいた。

夕食は恵介のリクエストで味噌煮込みうどんになった。ひつまぶしの店はどこも混雑していたので、ありがたい提案だった。

「ひつまぶしとかよく食べる？」

「それがね、観光客でごった返してるから、地元の人間は全然食べないよ」

「そうなんだ。意外だった」

味噌煮込みうどんの有名店だったが、やや郊外にあるため、店に入るとすぐに席に案内された。ふたりは味噌煮込みうどんとおでんを注文し、ようやくホッとひと息つく。

「ああ、やっぱりちょっと疲れたな」

「運転お疲れさま。でも私も初めての場所だったから楽しかったよ。あそこって朝ドラの舞台にもなってたよね。恵介が連れていってくれなかったら、多分一生行かなかったかも」

山城跡なんて、お城が好きな人じゃないとなかなか行かない場所だから、崇文の選択肢にはないはず。とはいえ、付き合っていた頃だって近場ばかりだった。この半年は家から出ることすらなかった。

実家にいた時は毎週のように家族で出かけていたし、長期の休みには旅行にも行った。

（私はそんな家族のあり方が好きだったし、自分もいつかそんな家庭を築きたいと

思っていたのに、現実はかけ離れちゃった）

恵介といると、実家にいた頃から結婚前までの当たり前を思い出せる。そして今と比べて、あまりにも違う現実に愕然とする。

（崇文との結婚生活は私が望んでいたものになった？　これは思い描いていた家族の形？）

瑞穂は目を伏せて俯き、首を横に振った。

「瑞穂？」

ハッとして顔を上げると、恵介が心配そうに顔を覗き込んでいる。

「あっ、ごめんなさい！　ぼーっとしてた……」

そこへ味噌煮込みうどんが運ばれ、ふたりの前に置かれる。熱々の湯気が上がり、香ばしい匂いにお腹が鳴った。

「おっ、本場の味噌煮込みうどん！　名古屋の食べ物って俺好みなんだよね。瑞穂はよく食べたりする？」

「うーん……実はあんまり。基本外食はしないし、友達もみんな働いてるか、子どもが生まれて忙しかったりするしね……」

「じゃあ今日は好きなものを思う存分食べていいからね」

「うふふ。そんなに食べられないってば。味噌煮込みうどんだけで十分ですよー」

そんなやり取りをしながら、瑞穂はひと口食べると目を輝かせる。

「美味しい……」

久しぶりに食べたからだろうか。昔食べた時よりも美味しく感じる。瑞穂の嬉しそうな顔を見て、恵介も頬を緩めた。

＊　＊　＊

ホテルのエレベーターに乗り込んでも、恵介はまだ距離を取ったままだった。もどかしさと寂しさを滲ませる瑞穂に、恵介は瑞穂の口元に人差し指を立てて首を横に振った。

「部屋に戻ったらお風呂にお湯を溜めるよ。今日はいっぱい歩いたからね」

なにか意味ありげなセリフのような気がして、瑞穂はただ頷いた。きっと恵介のことだから、裏があるに違いない。それがわからないなら、墓穴を掘らないように黙っておくのが一番だ。

エレベーターが八階に到着し、彼の後に続く。カードキーをかざすとドアを押し開け、瑞穂を先に中へと入れる。それから確認するかのように外を一瞥してから勢いよくドアを閉めた。

瑞穂は机にカバンを置き、浴室に入って浴槽に湯を溜めはじめる。部屋に戻ると、カーテンを閉めた恵介がテレビのスイッチを入れたところだった。蛇口から出るお湯の音と、テレビの音が混ざり合い、室内はかなり賑やかになる。

テレビのそばに立っていた恵介は、優しく微笑みながら手招きをして瑞穂を呼んだ。隣に立った瑞穂の耳元に唇を寄せ、そっと囁く。

「念には念をね。誰がどこから見て聞いているかわからないからさ。会話とかも聞かれたらまずいからね」

「どういうこと？」

「もしかしたら旦那さんが怪しんで調査を入れているかもしれないだろ？　前にそういう案件があったんだ。お陰で決定的な証拠は手に入ったけど」

瑞穂は顔が恐怖に歪むのがわかった。崇文ならやりかねない……そう思えるようなことが何度かあったから。

「どうしよう……そんなことになったら恵介に迷惑をかけちゃうかも……！」

後ずさろうとした瑞穂の腰を引き寄せ、恵介は唇を押し当てる。

「んっ……」

　彼女の体を抱き上げ、机の上に座らせる。貪るようなキスを繰り返す恵介の頭を瑞穂はギュッと抱きしめ、自ら舌を絡め彼を求めた。

「俺は大丈夫だよ。心配しなくていいから」

「でも……！」

「それより瑞穂はこれからどうしたい？　もうお風呂に入って寝る？」

　ドキッとした。外には崇文がいるかもしれない。彼が雇った誰かがいるかもしれない。軽々しく恵介を求めてはいけない状況なのはわかっている。でも残り少ない時間、恵介ともっと愛し合いたいと思う。

（もしこれが最後になるのなら尚更離れたくない。一生分恵介に愛してもらえれば、この先なにがあっても我慢できるから……）

　瑞穂は泣きそうになりながら恵介を見つめ、大きく首を横に振った。

「恵介……私のことを愛して。壊れるくらい恵介に愛されたい……。あなたと繋がっていたいの……お願い……」

「よかった。俺もそう思ってた」

　その言葉により、一日我慢していた欲望が解き放たれた。

貪るように激しくキスを交わしながら、お互いの服に手をかけ脱がせていく。一糸纏《まと》わぬ姿になり、恵介は瑞穂を抱き上げ、浴室内に入るとすぐに扉を閉め、シャワーの蛇口を捻った。シャワーの音が響く中、熱いキスが続く。

恵介はボディソープを手に取り、瑞穂の体を優しく洗っていくと、時折彼女が体を震わせる。その上で念入りに指を動かし、じっくりと彼女を攻め立てる。

腰を抜かしそうになった瑞穂の足の間に膝を差し入れ体を受け止めると、きつく抱きしめた。

「瑞穂、俺も汗かいたから洗ってくれる？」

「うん、いいよ……」

瑞穂も同じようにボディソープを手に取り、恵介の体の上を滑らせていく。高校まではラグビー部だった彼の体は今も衰えず、筋肉がついていた。

「私ね、恵介にずっと触れたかった……。お風呂上がりに時々、パンツ一枚で出てきたりしたじゃない？　文句言ってたけど、本当はドキドキを隠すためだったんだ」

「えっ、そうなの？　知らなかった。素直に『触らせて』って言えばよかったのに。よく学校で男女問わず触らせてたし」

「そ、そんなこと言えるわけないじゃない！」

「まぁ瑞穂は真面目だし、俺たちは義理の姉弟だからね。そんなことしたら一線を越える可能性だってある……今は越えちゃったけど」

恵介は瑞穂の片足を持ち上げると、その間にゆっくり指を滑らせはじめた。瑞穂の敏感な部分を弄りながら、中へ入っていく。呼吸が乱れ、力が抜けそうになって恵介の首にしがみついた。

「ねぇ、瑞穂はいつから俺を男として見るようになったの?」

「えっ……それは……その……」

瑞穂が口籠ると恵介は指の動きを激しくする。声を出さないように口を押さえるが、体は刺激に耐えられずに何度も大きく震える。

「ちゃんと言って、瑞穂」

大きく胸を上下させながら、瑞穂は恵介に体を預けてもたれかかる。それでも攻め続ける指の動きにとうとう観念し、瑞穂は口を開いた。

「……高校生の時にね、駅で恵介と女の子がキスしているところを見ちゃったの」

瑞穂の言葉を聞いて、恵介の動きがピタリと止まる。ようやく落ち着くことができ、瑞穂は呼吸を整えながら話を続ける。

「髪の長い子だった。キスした後に嬉しそうな顔をしているのを見て、すごく悔しくて悲しくて……。その時に恵介が好きなんだってはっきり自覚したの。恵介から離れればそんな感情も忘れられると思って家を出たんだけど……」

「忘れられた？」

「……ううん、無理だった。だから私に好意を持ってくれた崇文と結婚した。でもそんな不誠実なことをしたから罰が当たったのね」

寂しそうに笑う瑞穂の体についた泡を、恵介はそっとシャワーで洗い流す。それから彼女の体を抱き上げ、シャワーは出したまま浴槽のお湯の中へと身を沈めた。

恵介は浴槽の中であぐらをかき、その上に向かい合うように瑞穂を座らせる。お湯の温かさに、ふたりは思わず息を吐いた。

瑞穂は恵介の首に腕を回し、そっと肩に寄りかかる。当たり前のように受け止めてくれる恵介の仕草が嬉しくて、胸が苦しくなった。

「あぁ、思い出した。瑞穂が駅で見た子。同じ学校の後輩だ」

「や、やめて！　そういう話は聞きたくない！」

急に取り乱して両耳を押さえた瑞穂を見て、恵介は嬉しそうにニヤニヤ笑う。

「もしかして嫉妬してる？」

「……！」

「あはは！　嬉しいなぁ。やっと瑞穂が素直になってくれた。あの頃にもこうして気持ちがわかればよかったのになぁ。そうしたら迷いもなく瑞穂に『好きだ』って言えたよ」

恵介は瑞穂の髪に触れ、頬に触れ、それからキスをした。瑞穂はうっとりと目を閉じると、彼の胸にもたれかかる。

「恵介、もっとして……」

「それはキスのこと？」

「……違う。全部がいい」

「……瑞穂、もっとわがまま言っていいんだよ。俺にしてほしいこと、されたくないこと、なんでも言って。俺は瑞穂を甘やかしたいし、わがままに応えたいんだ」

「……じゃあ早く恵介を中に感じたい。それから私を絶対に離したりしないで……」

「そんなこと、わがままでもなんでもないよ。俺がしたいことと一緒だから」

恵介は瑞穂の腰を浮かせると、彼女の中に自らを挿し入れる。甘い吐息を呑み込むように唇を重ね、ゆっくり腰を動かす。湯船の水面が大きく揺れ、浴槽からお湯が撥《は》ねながらあふれていく。

「愛してるよ……瑞穂……」

「私も愛してる……」

シャワーの音がふたりの熱い吐息をかき消していく。瑞穂は快感の波に呑み込まれ、果てていった。

＊　＊　＊

ベッドの中で目を覚ますと、テレビの明かりが部屋の壁をゆらゆらと照らしていた。隣では恵介が笑顔で瑞穂を見ていたので、恥ずかしくなって慌てて顔を覆う。

「やだ、寝顔は特に不細工なのに……！」

「そう？　瑞穂の寝顔は何回も見てきたけど、不細工なんて思ったことないよ。小さな鼻も、泣きぼくろも、クルッとした前髪のクセも、むしろかわいくてムラムラしたけど」

恵介は瑞穂に覆い被さり、胸の頂を指先で弄りはじめる。

「これからはムラムラしたらどうしたらいいと思う？」

「どうって……！」

瑞穂の手を自分の下半身へと誘導し、準備万端な状態になったモノを握らせる。触るのが初めてだったため、真っ赤になっているであろう顔をプイッと逸らした。

「なにその反応、かわいすぎるんだけど」

恵介はクスクス笑いながら瑞穂の顔を自分の方へ向かせると唇を重ね、味わうように彼女の中を舌で探っていく。応えるように舌が絡むと、恵介は我慢の限界を迎えたように聞いてくる。

「瑞穂、いい？」

とろんとした瞳で恵介を見つめると、コクンと小さく頷いた。その瞬間、瑞穂の体は恵介に貫かれ、大きく弓形に反らす。息も絶え絶えになり、なのに心も体も満たされていくのを感じていた。

（悪いことをしてるのに、なんでこんなに幸せなんだろう）

背徳感を覚えながらも、この満足感には抗《あらが》えない。

「恵介……こんなことを言ったらいけないのはわかってる……。でももう無理……。私もうあの人のもとに帰りたくない。……恵介といたいの」

思わず口にしてしまった。瑞穂はハッとして顔を背ける。

（どうしよう……なんてことを言ってしまったんだろう……！）

後悔の念が瑞穂の心を駆け巡る。

すると恵介の動きがピタリと止まったかと思うと、耳元にキスをされた。

「やっと言ってくれた」

恐る恐る恵介の顔を見ると、柔らかな笑みを向けられていた。

「そう言ってくれるのをずっと待ってたんだ」

「……どういうこと？」

「瑞穂の意思で俺を選んでほしかったんだ。誰かに言わされるんじゃなくて、自分の言葉で言ってほしかった」

「だって、これは正しいことではないでしょ……？」

「正しいことだよ。確かに俺たちがしていることは正しくはないかもしれないね。だって瑞穂には配偶者がいるんだから。だけど暴力から逃げたいと思うのは間違いじゃない。正しいことなんだ。ＤＶ被害に遭っている人は、その意思を持ってはいけないと思ってるけど、それがまず第一歩なんだよ」

「……私、あの人から逃げてもいいの？」

「当たり前じゃないか。瑞穂は瑞穂なんだ。瑞穂は瑞穂自身のもので、誰のものでもないんだよ。瑞穂はちゃんと真っ直ぐ生きてる。もっと自分を肯定していいんだ」

あふれ出る涙を、恵介はキスをしながら拭っていく。

「俺、最初に言ったよね。『俺のすべてを瑞穂にあげる。だから俺も瑞穂のすべてを奪う』って」

(確かに言ったけど、それって体を奪うということではないの?)

恵介が瑞穂をジッと見つめる。まるでなにかを待っているかのような視線。彼の言葉を頭の中で反芻し、瑞穂はハッとする。ただ浮かんだ言葉が正しいものかわからず、眉間《みけん》に皺を寄せて黙り込んだ。

「言ってごらん。大丈夫。それは正しい言葉だよ」

「……恵介、私をあの人から奪い去ってほしい。もうつらい思いはしたくないの……。本当は逃げたいよ……」

瑞穂の言葉に、恵介はニヤッと笑うと頭を撫でる。

「ちゃんと言えたじゃん。大丈夫。俺に任せとけって」

「うん……ありがとう……」

「よし、じゃあそろそろいいかな?」

「えっ……あっ……!」

突如激しく突き上げられ、瑞穂の体がビクンッと震える。繋がったままだったことを忘れていた瑞穂は、再び恵介の愛に酔わされていった。

四・決着

シャワーを浴びて部屋に戻ると、恵介が誰かと電話をしているところだった。瑞穂は邪魔をしないようにクローゼットの扉を開け、新しい服を探しはじめる。

昨日は山城まで歩いた上、ひと晩中恵介と愛し合った。そのため体力をかなり奪われ、目を覚ましたのは九時前だった。しかしぼんやりとした瑞穂の視界に映ったのは、パソコンを開いてなにかを打ち込みながら電話をする恵介の姿だった。

仕事だろうか……そう思いながらチラッと恵介に目をやる。すると気が付いた恵介がスマホを置き、瑞穂に笑いかけた。

「準備ができたら朝食を食べに行こう。名古屋といえばモーニングだしね」

「でも……仕事とか大丈夫なの？」

恵介は瑞穂がシャワーを浴びる前から、かれこれ二十分近く忙しなくなにかをしている。

「もうすぐ終わるから大丈夫だよ」

瑞穂が小さく頷くと、恵介は再びテーブルの方へ戻っていく。

今日は無理しない方がいいのかな——昨日が楽しかった瑞穂は、心のどこかで今日も同じような一日が過ごせるのだと思っていた。しかし自分の立場を思い、その甘い考えを頭から追い出す。

(私ったらなにを浮かれているのかしら……)

そう思った時、ハンガーにかかったワンピースが目に入った。

胸元はきちんとしまっていて、裾がフワッとした腰リボンのシャツワンピースだった。瑞穂が好きな爽やかな水色で、恵介はきっとそれを考慮して買ってきてくれたに違いない。

カーディガンとレギンスを合わせればいけるかな……スカートなんてもう半年ははいてない。痣が見えてしまう不安があり、今はクローゼットの奥に仕舞い込んでいた。もともとスカートが好きだった瑞穂は、久しぶりに心が踊る。『はいてもいいんだよ』と恵介に言われたような気がして嬉しくなった。

電話を切った恵介が、シャツワンピースに着替えた瑞穂のそばにやってくる。

「うん、やっぱり瑞穂はスカートが似合う。それに……」

恵介は瑞穂を抱きしめると、スカートを捲ってお尻を撫で、耳元に口を寄せた。

「スカートは脱がせやすいからいいね」

「……恵介のエッチ」

「そんな俺も好きでしょ？」

反論できないのが悔しくて、頬を膨らませてそっぽを向く。そんな瑞穂に恵介は軽く口づけた。

「さっ、今日はいろいろ大変だよ。瑞穂をあの男から奪い取らないとだからね」

彼の言葉を聞いて、一気に血の気が引いていく。確かに昨夜、そのことについて話した。

（でも本当にできるのかな……）

すると恵介は瑞穂の頭を優しく撫でる。その表情には余裕さえ感じられた。

「俺に任せて。朝食を摂ったら、あの家から荷物を運び出そう」

（つらい思い出ばかりのあの家から、私を暗闇に突き落としたあの人から逃れるために、私は一歩踏み出さなければいけないんだ）

うまくいくか――不安しかない。でも恵介を信じようと心に決めた。

＊　＊　＊　＊

カーシェアリングで借りた車で、ふたりは家までやってきた。金曜日に恵介に促されるまま家を出てから二日。自分の家なのに、玄関の前に立つと身震いがした。崇文は日曜の今日も仕事で不在だが、体全体で家に入ることを拒絶していた。

「俺が戻るまで、まだ入らなくてもいいんだよ」

近くのコインパーキングに恵介が車を停めに行っている間に、ひとりで必要な荷物の整理を始めると言ったのは瑞穂だった。

「大丈夫。行ってきて」

そう言って恵介を送り出すと、瑞穂はゴクリと唾を飲み込み、ゆっくりと家の中に入る。雨戸を開けていないからか家中真っ暗で、ジメッとした陰湿な空気が漂っていた。

体がぞくっと震え、なぜかはわからないが胸騒ぎを覚えながら二階への階段を上っていく。階段の軋む音が恐怖を煽る。

自室のドアノブを押し開けた時だった。部屋の中を見た瑞穂は恐怖と驚きのあまり、口元を押さえてその場に座り込んだ。

服やカバン、化粧品が足の踏み場がないほど散乱していた。

「なに……これ……」

「あぁ、やっと帰ってきた」

突然背後から声が響き、瑞穂は声のした方を振り返る。そこには崇文が立ち、無表情のまま瑞穂を見ていた。

「夫を放っておきながら、弟と観光を楽しんだのか？」

「そ、それは……！」

崇文は瑞穂の髪を掴んで床に叩きつける。それから再び髪を掴んで引っ張り上げた。

「い、痛……」

「お前の仕事はなんなんだ！ この家の家事だろ⁉ いい身分だよな！ 働きもしないで俺の稼ぎで遊んでりゃ世話ないよなぁ！」

「ご、ごめんなさい……！」

崇文が立ち上がり、瑞穂の腹部めがけて足を振り上げた瞬間だった。勢いよく黒い影が飛んできたかと思うと、崇文の体が遠くに飛ぶのが見えた。

なにが起きたかわからずに呆然としたまま座り込んでいた瑞穂を、誰かが優しく包み込む。柔らかくて、懐かしい香りが鼻をつき、瑞穂の目からは涙があふれた。

「おい、瑞穂になにやってんだよ……！」

声がした方を見ると、倒れた崇文を恵介が上から睨みつけている。

「あんたも弁護士ならわかるよな？　あんたがやってることは犯罪行為なんだよ」

「はっ……なに言ってるのかわからないね。証拠はあるのか？」

「証拠なら瑞穂の体にたくさん残ってるじゃないか」

「知らないねぇ。瑞穂はおっちょこちょいだから、自分でどこかにぶつけたんじゃないか？　なぁ、瑞穂」

崇文は瑞穂を睨みつけようとしたが、彼女を守るように抱きしめている人物を見て怯《ひる》む。

「あんた……私の大事な娘になんてことをしたの！　こんな扱いをされるために嫁に出したんじゃないわ！　恥を知りなさい！」

「お母さん……？」

信じられないという顔で見上げた瑞穂を、母親はきつく抱きしめる。

「大丈夫よ。お母さんも恵介もついてるからね」

（どうしてひとりだなんて思っていたんだろう。私を思ってくれる人はこんなにいるのに、自分からその繋がりを絶ってしまっていたんだ）

「お母さん……ごめんなさい……」

涙が止まらなくなった瑞穂の背中を、母親は何度も優しく撫でてくれた。

すると恵介はその場にしゃがみ込み、崇文の胸ぐらを掴んだ。

「そういえばお義兄さん、あのことって瑞穂は知っているんですか？」

「あのこと？　いったいなんの……！」

崇文は眉間に皺を寄せて恵介を睨みつける。

「……調べたのか？」

「ええ。だって姉がこんな目に遭っているんですから当然でしょう」

瑞穂はふたりの会話の意味がわからず、戸惑いながらその様子を見つめていた。

「こいつにはね、離婚歴があるんだ。しかも離婚理由はＤＶ。裁判になって接近禁止令も出てる」

「嘘……だって戸籍にはなにも書いてなかったよ……」

「転籍だよ。本籍を移動させたんだ。新しい戸籍を作ることで過去を消したんだろ？　でもそれだけじゃ消えないものもあるんだ」

恵介の言葉に、思わず胸が締めつけられる。消えないもの――目に見える傷は消えたって心の傷は消えないし、脳裏に焼きついたつらい記憶は、たとえ上書きができたとしてもいつまでも完全になくなることはないだろう。

「あんたさっき証拠はないって言ったよな。もしあるって言ったらどうする？」

「はぁっ？　なにを……」

恵介は天井を指差す。その場にいた全員がその指の先を目で追うと、そこには火災報知器があり、小さなカメラのようなものが取りつけてあるのが見えた。

「今ってさ、結構簡単にこういうのが買えるんだ。〝瑞穂と相談して〟取りつけたんだけど正解だったな。あんたのさっきの行動はしっかり録画されてるから、もう言い逃れはできないよ」

崇文の胸ぐらを掴んでいた手を離し、不敵な笑みを浮かべる。

「証拠はしっかり揃ってる。裁判になったらどちらが勝つかなんて明白だ。あんたは受け持った案件だけでなく、自分の裁判ですら負けることになるんだ。自業自得だな」

悔しそうに唇を噛む崇文に、恵介は容赦なく現実を突きつけていく。その姿に瑞穂は胸が熱くなった。

もう逃げられないと思っていた現実から、恵介が救い出してくれた。初めて男の人として意識したあの頃のまま、彼はどれほど時間が流れても、頼りになるヒーローに変わりはなかった。

（無理よ……あなた以上の人なんかいないの。どうやったって、私はあなたが好き……その気持ちは一生変わらないんだわ）

エピローグ

それから崇文の事務所へ移動し、今後について話し合いをした。とりあえず離婚届にサインをさせたが、同じことを繰り返さないためにも裁判をすべきだと恵介は言った。だがもう関わりたくない瑞穂は、離婚できればそれでいいと言ったのだ。そのため、恵介が用意した示談書にサインをさせるにとどめた。

話し合いの後、恵介は眉間に皺を寄せていたが、瑞穂が決めたんだからと母親に宥《なだ》められ、渋々納得していた。

「それにしてもどうしてお母さんが？」

「今朝、恵介から電話が来たのよ。事情を知って、居ても立ってもいられなくなって、慌てて新幹線に飛び乗っちゃったわ。もう、瑞穂は昔から我慢ばっかりなんだから！　ちゃんと相談しなさいよ」

「うん……ごめんなさい……」

「じゃあお母さんは帰るけど、本当に大丈夫なの？」

荷物整理を手伝うと言われたのだが、引っ越し業者に頼むからと言って断った。それに大型家具は持っていかないし、もともと荷物も少ない。そのために母親を引き止める気にはなれなかった。

それから母親はふたりを見てニヤッと笑う。

「お父さんが聞いたら腰を抜かすでしょうねぇ。まぁ再婚まで時間はかかるから、ちゃんと説明してあげなさいよ」

「わかってるって」

「はいはい、じゃあ瑞穂も早いうちに帰ってくるのよ。部屋はそのままにしてあるんだから」

「ダメだよ！　瑞穂は俺の部屋に引っ越すから！」

「えー！　久しぶりに親子水入らずって思ってたのに！」

「時々遊びに行けばいいだろ⁉　俺だって瑞穂と毎日イチャイチャしたいんだよ！」

ふたりの会話の意味がわからず、瑞穂は混乱した。

「ちょ、ちょっと待って！　どういうこと？」

すると母親はニヤニヤしながら恵介を小突く。

「だって電話で恵介が『俺が瑞穂を幸せにしてもいいかな？』って」

「母さん！」

「まぁまぁいいじゃない。お母さんは賛成よ。昔からふたりは姉弟以上に仲がよかったからねぇ。なんかこうなるような気もしてたし。あっ、そろそろ新幹線の時間だわ！　どちらの家に行くかは瑞穂に任せるから」

そう言い残して、母親は帰ってしまった。

母親を見送った後、瑞穂は頬を膨らます。

「お母さんには言わないって言ったのに……」

「それに関してはごめん。でも来てくれてよかっただろ？」

確かに否定できない。むしろ安心できたから。

「で、どうする？　実家に帰る？　俺の部屋に来る？」

「……実家に帰る」

「えっ⁉　なんで⁉」

「今度こそちゃんとしたいの。挨拶をして、結婚式をして、籍を入れて、新居を探したい」

「あはは！　確かに瑞穂らしいな。じゃあ週末は俺の部屋に泊まりに来てよ。平日は時々実家に寄るから」

恵介はちゃんと私の意見を受け入れてくれる。ただのわがままな気がして不安になることにも、それ以上に素敵な提案をして安心させてくれる。そのたびに恵介でよかったと思える。

「それはそうと、恵介に言いたいことがあるんだけど」

「えっ、なに?」

「あのカメラ、いつ取りつけたの?」

「あぁ、瑞穂の鍵を借りて、友達につけてもらった。あいつなら不法侵入だとか言いだしそうだから『瑞穂と相談して』とは言ったけど。こういう仕事だし、いろんなところに仲間がいるんだよ」

それは嘘ではないようだ。そう考えれば、恵介が朝から電話やメールで忙しそうにしていた理由がわかる。それにしてもカバンから鍵を抜かれていたことには気付かなかった。

「あともうひとつ。恵介、この数日……避妊してなかったよね」

「……あれ、気付いてた?」

「当たり前じゃない。注意しなかった私もいけないけど、これからは……結婚するまではちゃんとしてね。なにかあって困るのは恵介も一緒なんだよ。わかった?」

裁判をしないとはいえ、結婚期間と被るような妊娠はよくない。諭すように言ったつもりだったが、恵介はニヤニヤしながら瑞穂を見つめていた。

「……なぁに？」

「ん？　いや、俺の心配をしてくれる瑞穂がかわいいなぁと思って。もちろん善処します。それにしても瑞穂の口から久しぶりにお姉ちゃんっぽい言葉を聞いたな。でも……」

恵介は瑞穂の手を握ると、悪戯っぽく笑いながらその手にそっと口づける。

「これからはそうはいかないよ。俺がリードする場面だってたくさんあるからね。なんてったって俺は、瑞穂をたっぷり甘やかすって決めてるんだ。ほら、なにかわがまま言ってみなよ」

恵介の笑顔に触れるたびに、瑞穂はこんなに幸せでいいのかと不安になる。気持ちが通じ合った途端、失くすことへの恐怖が生まれはじめた。

「私ね……普通の幸せが欲しいな……」

その言葉を聞いた恵介は、キョトンとした顔で瑞穂を見つめた。

「好きな人と寄り添って生きて、他愛のないことで笑い合ったり、新しい家族に恵まれたり……。いつも安心していられる、そんな普通が一番の幸せな気がするの」

「うん……俺もそう思う。そんな家庭をふたりで作っていこう」

「うん」

恵介と結ばれただけでも奇跡に近いのに、これ以上の幸せを望むのは贅沢な気がしてしまう。

（でもね、あなたのそばなら素直になれる気がするの。だって恵介には私の我慢すらお見通し。あなたのそばが一番私らしくいられる場所。私はどうしたって、あなたしか愛せないことに、今更ながら気付いたの）

二人は互いの手を取り微笑み合う。それから体を寄せ合うと、ゆっくりと前を向いて歩きだした。

END

禁断の味はチョコレートのように

桜居かのん

出逢ってはならない人

『不倫はイケナイコト』

そんなこと、誰だってわかっている。

だが本能が理性を押しつぶすことだってあるのだ。

本能を理性で制御するのが人間だと言われても。

私がそれを味わうだなんて、あの頃は思いもしなかった。

＊　＊　＊

「異業種交流会？」

同じ会社の先輩である佐藤利奈《さとうりな》とランチをしていた園田杏《そのだあん》は、もともと丸い目をきょとんとさらに丸くする。珍しく外でランチをしようと利奈に昨日から誘われていたが、食事途中に彼女からされた話に杏は聞き返した。

「そう。今週末、金曜の夜に行われるの。招待制でね、私もやっとこの間誘ってもらえたんだ。ただ同性をひとり連れてくるのが条件になってて。お願い杏、一緒に行ってくれない⁉」

手を合わせて頼んできた利奈に、杏は違和感を覚えた。

利奈は会社の先輩で三十歳。杏は二十八歳だが入社時の教育担当が利奈でそれからの付き合いだ。

利奈は既婚でさばさばした性格、まだキャリアを積みたいと子どもをもうけるのは先にしていると杏は聞いていた。

だから上昇志向のある利奈が異業種交流会に参加したいという考えに疑問はない。

疑問なのは、招待制でそれも同性をひとり連れてくるなどという条件があること。

もしも利奈が悪い誘いだと気付かずに受けてしまっているのなら止めなければならないと、杏は心配になった。

「利奈さん、私にはその異業種交流会がどうも胡散臭く感じられるのですが」

「どこが？」

「招待制で同性をひとり連れてくるのが条件なんて、おかしすぎるでしょう？」

杏が心配そうに言うので利奈は明るく笑い声をあげた。

「そうね、そう思う杏だから声をかけたの」

杏はわけがわからず眉尻を下げた。

「この異業種交流会はただの交流会ではないのよ」

利奈はそう言うと、不安そうに続きを待っている杏の気持ちをわかった上でなのか、もったいぶるようにアイスコーヒーをひと口飲んだ。

「交流会に所属している男性たちは一流企業に勤めていたり、自分で起業していたり、ある程度の年収があって、会の定める基準をクリアしていないと参加できない。異業種交流会だからね、お互いにメリットのある人間であることが必要だから」

杏は利奈が騙されていないか確かめようと、慎重に話を聞いていた。

「そしてその男性が女性を招待するの。それなりの女性を連れてこなければ、同じ会員であるレベルの高い男たちに、そういう女性しか呼べないのかと思われて自分の価値を下げてしまうことになる。そして女性もそれなりの女性を連れてこなければ、人脈も作れないレベルの女だと見られる。すべては、会をレベルの高い人脈作りの場として維持するために必要なのよ」

最初は冷静に話していた利奈だったが、段々と口調に熱が籠もってくる。

「その話を聞いて、誘うなら杏だって思ったの。男性の後ろを三歩下がってついていくようなおとなしくて清楚な子に見えるけれど、実は芯が強くて賢いって私は知ってる。それに結婚するなら園田さんがいいって会社の男性陣も言っているんだから。絶対にあの人たちに気に入られるわ」

杏は利奈の話した内容に感嘆していた。

なるほど、レベルの高い人たちの人脈作りの場で信頼できる人間関係を広げるのは賢い方法なのかもしれない、と。

だが自分が参加するに相応《ふさわ》しいのか杏は疑問に思えた。

利奈はスタイルもよく、仕事もできて杏たちの憧れだ。

それに対して杏は一度も染めたことがない黒に近い焦げ茶の髪をシンプルな飾りのついた髪留めで頭の低い位置でいつもひとつに結んでいて、身長は一五五センチほど。その上童顔でオフィスカジュアルがいまいち似合わないのがコンプレックスだ。

仕事だって外に出て回る営業職の利奈と違い、ずっと座りっぱなしの総務部。参加すれば利奈の足を引っ張るのではないだろうかと心配になった。

「利奈さん、嬉しいお誘いですけど、そんな条件があるのなら地味な私では利奈さんに恥をかかせてしまいます。だから――」

「もう、何度も言うけど杏は自分を卑下しすぎよ。以前付き合っていた男とは別れて当然。杏のよさを理解せずに利用したあげく、派手な女に行ったヤツなんて。杏には素晴らしい人たちと触れあってほしいの」

杏は思わず俯き、思い出す。

そろそろ付き合って二年、年齢的にも当然結婚すると思っていた矢先、二股をかけられていたことを知った。

元彼の相手は既婚者の女性で、向こうが夫と別れるまで杏はていのいい隠れ蓑《みの》扱いをされていた。それを知ったのは元彼から話をしたいと家に呼ばれた時だ。てっきり結婚の話かと期待を胸に行ったその部屋には、元彼の隣に勝ち誇ったような顔で見知らぬ女が座って杏を待ち構えていた。

『本当にずっと愛しているのは彼女だけなんだ。優しい杏ならわかってくれるよな』

なぜか悲痛な表情で元彼は言い、隣に座る女が間髪を容れず意気揚々と話し出した。

『彼は私が離婚するまでの間、愛してもいないあなたと付き合っていたの。あなたがいたお陰で、私は結婚中、周囲に疑われずに彼と会うことができたのには感謝してる。あなたも彼と過ごして楽しかったでしょう? だけどいい加減彼を返してもらうわね』

元彼は杏の目を一切見ることなく、女は杏を自分たちが利用したただの駒と言わんばかりで、要は不倫していた事実を女の方から杏は知らされた。

杏は突然の状況と内容に衝撃を受け、呆然と家に帰りひとり泣き崩れた。

真面目な男性だと思っていたのに。優しい人だと信じていたのに。そんな彼のイメージは根底から崩れ去り、逆にひどい嫌悪感を覚えた。

最低だ、不倫していたなんて。

あれから半年、男性不信に陥っている杏としては、今回の誘いは男性と話をする機会であるという点でも断りたい。

「利奈さん、私はまだそんな気持ちには……」

断る言葉を探す杏の気持ちを安心させるように、利奈は微笑む。

「だからこそ、外の世界は必要よ。違う仕事をバリバリしている人に会うのって、本当に刺激的だから。まずは動いてみることも必要じゃないかしら。私は杏しか誘ってないから、杏が頷かなければ行かないわ。やっと招待してもらえたから残念だけど断るしかないわね」

わざとらしいほどに肩を落とす利奈を目の当たりにして杏は焦ってしまう。

利奈には入社時から公私にわたり面倒を見てもらった。

上を見ている彼女のチャンスを自分が潰していいわけがない。

「わかりました。私でよろしければ」

杏が降参するように笑って言えば、利奈は満面の笑みでありがとうと返した。

金曜の夜、杏と利奈が訪れたのは外資系の高級ホテル。イタリアンのレストランを貸し切っていると聞き、杏は豪勢な会にやはり自分は場違いだと痛感していた。

「こんな服でよかったのでしょうか」

「いいじゃない。変に気合い入れすぎない方がいいから」

杏は落ち着いたネイビーで膝丈のAラインのシフォンワンピースに同系色のジャケットを羽織り、アクセサリーのピアスとペンダントは小さく控えめなかわいらしいデザイン。

対して利奈はスタイルのよさを生かすようにジャケットにタイトスカートだが、ブラウスの胸元は広めに開いていて同性の杏ですら目が行ってしまう。

エレベーターで高層階に到着し、お目当てのレストラン前に行けば、黒服の男性スタッフが笑顔で声をかけてきた。

利奈に続いて杏は招待用のメールをスタッフに提示し、中に足を踏み入れた。

薄暗い中に間接照明が淡く光るレストランは、立食パーティーだから歩きやすくしているのか椅子とセットのテーブル席はほとんど片付けられ、高さのある丸いテーブルが点在し、壁際にあるソファーのボックス席がいくつかあるだけ。

カウンターではバーテンダーがカクテルを作り、何組かの男女が談笑していた。

「利奈ちゃん」

「川島《かわしま》さん！」

利奈に声をかけてきたスーツ姿の男に、利奈はパッと明るい笑顔を見せる。

隣にいた杏は、乙女のように頬を染めた利奈を初めて見て驚いていた。

「よく来てくれたね。仕事後でお腹減ってるでしょ。君が杏ちゃんかな？　初めまして、川島です。利奈ちゃんから話は聞いているよ。初めての場所は緊張するよね、そこにふたりとも座って」

杏は川島という男にも驚いていた。

年上のように思えるが、童顔のせいなのか若く見え、人懐っこい笑顔が印象的だ。身長は平均より少し高いくらいだろうか。あまり男性物に詳しくない杏が見ても同じ会社の男性とは違うとわかるほど質のいい物を着ている。

川島にボックス席に案内され杏と利奈が並んで座れば、食事を取ってくるねと笑顔で川島は離れる。

「どう？　このできる男って感じ」

「いつも飲み会で男性の世話をするのは女性陣ですから、確かに感動ものですね」

でしょう？と利奈は嬉しそうにしている。

杏が周囲をそれとなく見回せば男性も女性もレベルが高い。男性の方が年上という組み合わせが多そうに見えるが、女性をエスコートするのが普通のようだ。

「お待たせ」

川島が手に料理が盛られた皿を持っていて、その後ろには男性がひとり飲み物を持って立っていた。優しげな笑みを浮かべているその男性を、杏は不思議そうに見上げる。

「こいつは俺の友人。暇そうにしてたから運ぶのに使ったんだ」

「川島さんの無茶な要求はいつものことですから」

「だから安心して仕事をお前に頼めるんだよ」

「それは光栄ですね」

自然とふたりは杏と利奈の前に座る。

杏の前に座ったのは、一八〇センチ近くはあるだろう高身長で、仕立てのいい濃い色のスーツを着た男。焦げ茶色の髪、整った顔立ちだが目が鋭く、杏は目が合った途端になぜか怖いと感じた。

心の中を覗き見るような、そんな瞳。

杏の体がゾクリと震えた。

「橋本翔太《はしもとしょうた》です。小さいですが会社を経営しています」

そう言ってスーツの内側から名刺入れを出し、利奈と杏に手渡した。

だが杏は名刺を見て違和感を抱いた。これは会社の名刺ではない。

【橋本翔太　三十五歳】

名刺に書いてあるのは名前と年齢、そして連絡先だった。

それを見た杏が戸惑ったように顔を上げ、翔太が柔らかく笑う。

「そうか、君は初めてなんですよね。ここはそれなりの立場の男が揃っているんです。招待制じゃなかった時代に、ある女性がここで知り合った男たちの名刺をSNSにアップして大問題になって。それからは招待制、そして男性は会社の名刺を渡さないで、ここオリジナルの名刺を使用することになったんですよ」

そんなことがと利奈が憤り、川島が利奈を見て苦笑いしながら言った。

「大丈夫、僕は利奈ちゃんを信頼しているから。もちろん杏ちゃんも。あ、釘を刺してるつもりはないんだ、う一ん、うまく言えないね」

「それでも凄腕営業マンですか」

「仕事じゃないんだ、かわいい女性陣を前にすれば僕だって口下手な学生時代に戻ったっておかしくはないさ」

あきれたように翔太が言えば、川島は肩を竦《すく》める。

そんなふたりを見て杏たちも思わず笑ってしまった。

「ほら、僕の手腕でかわいい笑顔を引き出せただろう？」

「結果論にドヤ顔されてもですね」

自信満々に言う川島に再度翔太があきれるように突っ込み、あっという間にふたりのペースに巻き込まれ、気が付けば杏たちは会話を弾ませていた。

「あれ？　まだふたりとも帰ってこないですね」

しばらく前に化粧室に行くと利奈は席を立ち、その後川島も仕事の電話だと席を立った。

それからもう二十分くらい経つ。その間、杏は翔太とずっとふたりで話していた。

心配そうに杏が言うと、翔太はクスリと笑う。

その意味がわからずにいると、テーブルの上に置いていたスマホが震え、杏は翔太に断って中を見れば利奈からのメッセージだった。

【ごめんなさい急用ができたから先に帰ります、橋本さんに送ってもらって】と書いてあって驚く。

「どうしたの？」

翔太に言われ、杏は咄嗟に笑みを浮かべる。さすがにすべて話すわけにはいかない。

「どうも急用ができたとかで帰ったようなんです。仕事でなにかトラブルでもあったのかもしれません」

大丈夫かな、と言っても、翔太は相変わらず笑っているので杏は首を傾げた。

「杏ちゃんは本当にここがどんな場所であるかを知らずに来たんだね」

「どういうことでしょうか」

眉間に皺を寄せた杏に、翔太は人差し指をくいくいと動かして近付くようにジェスチャーをする。

テーブル越しとはいえ翔太も身を乗り出してきて、一気にふたりの距離は縮まった。

「利奈ちゃんは川島さんといるよ、この下の部屋にね」

そう言われても杏は意味がわからず不審そうに翔太を見るが、翔太はまた笑う。

「この場所はね『異業種交流会』という名の出逢いの場なんだ」

「それは知ってます」

「君は人脈作りの場だと思ってるだろうけどね、ここは男女の出逢いの場。それも男は全員既婚、女性は既婚未婚問わず。そういう相手との出逢いの場なんだよ」

勢いよく杏が後ろに下がった。慌てて周囲を見れば、確かに男女の距離があまりに近いどころか体を密着させている。そして大分人数が減っていることにも気付いた。

「男たちは大抵、ここのホテルに部屋を取っている。お互い合意すれば部屋へ移動するんだ。もちろん仕事の話やたわいない会話で解散することもある。まぁ普通はそのまま男女の仲を深めるんだけどね」

杏は表情を強ばらせていた。

川島たちに会った時、無意識にふたりの左手薬指を確認した。指輪はない、独身なのだと勝手に思い込んでいた。

だがここがそういう場だったなんて。男性は全員既婚、それはいわゆる不倫相手を見つける場所。隠された事実を知って杏は目の前の翔太を凝視してしまった。

我に返り、鞄を持とうとした杏の隣に翔太は滑り込んだ。

壁のあるボックス席の隣に翔太が来たことで杏は逃げることができず、身を強ばらせる。

「別に取って食おうというわけじゃないよ。ただもう一度君に会えるチャンスは欲しいと思って」

「私は不倫するつもりはありません」

翔太を睨むその瞳は強い意志を宿している。

「ここはね、短絡的な不倫を推奨する場じゃないんだ」

翔太の言葉に杏は不審そうな表情を浮かべたままだ。

「ここにいる男たちはそれなりの立場で年収もある。トラブルが起きれば結局のところお金で解決しなければならないからね、男にはその資力が問われる」

お金の問題なんかじゃない！

杏は元彼からされた仕打ちがフラッシュバックした。

あの時にお金が欲しいなんてひとつもよぎらなかったのにと杏は考えるが、翔太は頭に血が上りかけている杏を落ち着かせるようにゆっくりと続ける。

「女性はただ遊ぶ相手が欲しいのではなくて、自分をより高いステージに引っ張ってくれる男を必要としているんだ。俺たちは素晴らしい女性といることで満足でき、彼女たちはいい男に愛されることで心を潤す。男女とも現状に満足せず、この関係すらも使って上昇したい者たちの集まりなんだよ」

「そんなのは詭弁《きべん》です。結局不倫したいだけでしょう？　失礼します、私はそういうものに時間を割きたくありません」

翔太をまたいででも席を出ようとした杏の肩に、そっと翔太が手をのせる。

「不倫って刑罰だとなんの罪になるのかな」

「罪になるに決まってるでしょう⁉」

「だから警察に捕まるのかなって話」

声を大きくしてしまった杏が慌てて周囲を見れば、こちらを見ている人たちがいることに気付いて、恥ずかしさからその場に座り直す。

「警察には捕まらない。そうだね、既婚者相手だと民事上の罪には問えるかな」

「詳しいんですね、経験済みですか？」

睨んでいる杏に、ははっと翔太は笑い、飲みかけの赤ワインが入ったグラスを傾ける。

「違うよ、単にここのメンバーなら知ってる常識だってこと」

「あなたも不倫を望んでいるんですよね？　奥様がこのことを知ったらどう思われるんでしょうか」

「俺は不倫という言葉は好きじゃない。俺がしたいのはその女性に心から自信を持ってもらうことだ。ちなみに妻は俺の行動を承知している」

まさかの発言に、杏の目が見開かれる。

「言ってみればお互いそのあたりは自由なんだ。もう恋、愛というのを通り越したまさに人生のパートナーで、上に行くためなら、上にいるためなら相手に干渉しないのがルール。現に彼女は高額なエステに行くし、それこそ若い男とデートもする。それで潤ってストレスも減って彼女は笑顔でいられる。俺は歓迎しているよ」

杏は言葉が出なかった。

そんな夫婦の形があるのだろうか。いや、そもそも口からでまかせの可能性が高い。だってその証拠を出しようがないのだから。

いまだ警戒している杏に、翔太は余裕の態度だ。

「俺はね、君にいろいろな経験をしてほしい。そしてもっと綺麗な女性になってほしいんだ。今でも素敵だけれど、もっと君は輝ける。俺にその手伝いをさせてほしい」

「そんなことをしてあなたになんのメリットがあるというのですか?」

嫌だというなら会話など切ってこの場を出ればいいだけなのに、杏はそれができなかった。

橋本翔太という男が気になってしまっている、それを認めざるを得ない。

元彼のことで不倫なんて最低なことだと思っていた杏は困惑していた。

こんな会はバカげているし、相手だって嘘しか言っていない可能性の方が高い。

なのに杏は、なぜこの人の瞳に惹きつけられるのだろうと考える。

容姿端麗、振る舞いは紳士そのものなのに、獰猛《どうもう》なトラのような目をする男。そんな目が自分に向けられていることを怖いと思うと同時に、なぜか好奇心を刺激されてしまう。

（どうしてすぐに拒否できないのかわかってる。私は、彼を知りたいんだ）

ふ、と翔太が薄い笑みを浮かべた。

「今日はここまでにしよう。明日はそうだね、朝十一時に君の家の前まで車で迎えに行くよ。服装はかしこまらなくていいから」

「ちょっと待ってください、明日は仕事が」

「利奈ちゃんから君の予定は聞いてるよ、土日はオフだって。でも住所はわからないから教えてほしいな。そうしないと、お楽しみのところの利奈ちゃんに何度も電話しなきゃならない。邪魔されたらご機嫌斜めになってしまうかも」

「そんな」

「今川島さんといる彼女は、ただのなんのしがらみもないひとりの女性だ。彼女は君の前ではきっと素敵な明るい女性でいようと頑張っていただろう？　でもね、彼女にだって人に言えない苦しみがそれなりにある。それを解きほぐしたのは川島さんで、川島さんは彼女の強さに惹かれた。いつも頑張る彼女がやっと自分をさらけ出せて甘えられているんだ、そんな貴重な時間を潰してしまうのは無粋じゃないかな」

信頼し、尊敬していた利奈が今、夫以外の誰かと時間を過ごしているのかと思うと、杏は衝撃を受けた。

だが今までの翔太の話を聞いていたせいか、自分の価値観が揺らぎそうになる。

自分が見ていた利奈は、時々家庭や仕事の不満を漏らしてもそこまで思い悩んでいるようには思えなかった。しかし彼女が奥底に苦しみを隠していたのなら。

それに気付く人が現れてしまったらどうなるのだろう。

（どうしてこんな場所に私を連れてきたんですか……）

どうしても川島に会いたくて利奈に利用されたのだろうか。

杏はここに来たことを悔やんでいた。

急に杏の口になにかが押し込められ、驚いてその手の主を見る。

「ただのチョコレートだよ。あまりに思い詰めた顔をしていたから。ほら、これはホットミルク。ごめん、いろいろと攻めすぎた。君が混乱するのも無理はない」

口の中にはミルクチョコレートの濃厚な甘さが広がり、目の前で湯気を立てる耐熱グラスに入ったホットミルクを飲むと、肩が下がってどれだけ無意識に力を入れていたのかがわかる。

いつの間にか用意されていたチョコレートにホットミルク。翔太がオーダーしていたことなど杏は気付かず、その気遣いに気が緩みそうになってきた。

「明日、純粋なお出かけをしよう。大丈夫、部屋に連れ込んだりしないから。もちろん、君が求めれば別だけれどね」

「そんなことしません！」

杏は出かけること自体を拒否しなかった。その距離感を翔太もわかっているのだろう。

「では住所と連絡先を教えてくれるかな」

囁くような低い声。

杏と体が密着しそうなほどそばにいる翔太からは、きつい香水の匂いなどはなく爽やかな整髪料のような匂いだけがする。

たったそれだけなのに、その香りと声にクラクラしそうになってしまう。

そして杏は小さく頷くと翔太に伝えた。

◇◇◇◇

『異業種交流会』という、もっともらしい名前に隠れた、男たちと女たちの遊び場。

俺にとっては狩り場と言った方がいいかもしれないが、そんな狩り場にいつも素晴らしい獲物が現れるはずもない。

仕事も忙しく会費だけ払う日々が続いていたが、久しぶりに仕事で川島さんと一緒になりその後ふたりで飲むことになった。

馴染みのバーは騒ぐ客などがおらず、静かに時間を過ごせると同時に、席と席が離れているお陰で内緒話をするにはいい場所だ。

「来月、例の会に来ないか？」

川島さんの笑みに俺は苦笑いで答える。

「彼女を見せびらかしたいんですね」

「まぁな」

川島さんはやり手の営業マンで俺よりも年上のはずだが、童顔のせいか若々しい。

その彼が、仕事で知り合った美人で仕事のできる人妻と関係を持っている話は以前から聞いていた。

川島さんのところは冷え切った夫婦関係。それを抜きにしても川島さんがその不倫相手の彼女を大切にしていることは知っている。

いつか紹介したいと言われていたが、紹介する場としてあの会が安全なのは当然だろう。

「そうですね、お目にかかりたいのはやまやまですが、俺にもなにか楽しみがないと」

もったいぶってそう言えば、川島さんは既にわかっていたかのように答えを返してきた。

「彼女が後輩を連れてくるそうだ。写真、見るか？」

「彼女を見せたいだけでしょう」

「まぁいいから」

わかりましたと笑いながら川島さんのスマートフォンの画面を覗き込んだ。

写っているのはふたりの女性。そこで目を奪われたのは右に写った髪をひとつに結んだ女性だった。

「この右の女の子を連れてくるそうだよ」

俺が会に参加することを伝えれば、やっぱりなと川島さんは笑った。

それから約三週間後、会が行われるホテルのレストランで俺は杏と出逢った。

写真で見た時に直感はあったものの、直接出逢った時から湧き上がってくる衝動。

不安げながらも笑みを浮かべ、先輩の女性に恥をかかせまいと気を張っている姿はいじらしい。

俺はもう決めていた。

なにも知らない真っ白なこの子羊を自分好みに育てていくことを。

会が不倫相手を見つける場所だと知った時、彼女が見せた表情はただゾクゾクと俺の体と心を刺激していく。

この子はなにも知らされずここに来て、真実を知ってなにを考えているのだろうか。

嫌悪、悲しみ、混乱しているのが手に取るようにわかるほどに、純粋で美しい。

(一見地味に見えるがこの子は磨けば光る。それを見つけたのはこの俺だ)

本当は宝石の原石であっても、知らずに置いておけばただの石。だがそれを腕のいい職人が幾度となく丁寧に磨き上げていけば、宝石のルースとなり輝くのだ。

安い石と思っていたものが誰もが羨む美しく高価な宝石になった喜びは、味わった者しかわからない感覚だろう。だがいろいろな原石を見つけ磨くことは時間も費用もかかる。

それでも俺にとっては贅沢で最高の趣味であり、いわゆる不倫と呼ばれる以上リスクも当然あった。だからこそ、原石選びは直感も慎重さも必要になる。

不倫をひどく嫌悪する彼女の様子から見て、清楚な外見と同じように中身もやはり真面目な子なのだろう。不倫はしないと俺を睨むその瞳と言葉が、どんなに相手を煽る行為なのか気付いてなどいない。

そして怒りながら妻のことを考える彼女は、俺からすればより獲物としてのポイントが上がるだけだった。

俺の話した内容を鵜呑みにして信じるようならここで終わりだ。

だが彼女は自分のことだけじゃなく他人を思いやることができる、賢い女性。

だからこそ、不倫という関係に陥れば彼女は必死に隠し通そうと努力するだろう。

やはり獲物として相応しく、俺が磨くべき相手だと確信できて喜びが湧く。

そんな俺に反して、彼女の顔は悲しげに変わっていく。

拒否して逃げようとした彼女を説き伏せ、デートの約束を随分と意地悪な方法で取りつけた。

真面目に生きてきたであろう彼女にとって、先輩の状況もこの場所もそして俺の存在もすべて簡単に理解できるものではなく、戸惑いと苦しみに満ちている。

かわいい子羊が群れから離れ、知らない場所でひとり震えている姿は、オオカミからすれば見ているだけで楽しい。

だが俺は理性のないオオカミじゃない。

俯いて段々泣きそうになってきていた彼女は、俺が近くを通りかかったウェイターにチョコレートとホットミルクを頼んでいたことも、そしてそれが届いたことすら気付かない。

ガラス皿に載せられた小さな正方形のチョコレートのひとつを摘まみ、隣に座る彼女を見る。そしてギュッと結ばれた小さな口に軽くそれを押し込めば、彼女は俺の手を凝視した後にこちらを向いた。

もともと丸くて黒めがちな目は、心底驚いているというようにまん丸だ。

食べさせたのはただのチョコレートであることと、攻めすぎたことを詫びながらホットミルクの入った耐熱グラスを差し出す。

彼女はチョコレートが口に入っていてなにも言えないのか、戸惑った顔でホットミルクと俺を交互に見た後、お辞儀をして飲み出した。

少しして彼女の肩が下がり、表情も柔らかく変わる。

攻めないのも攻めすぎるのもうまい方法ではない。緩急はつけるべきだ。

しかし自分で追い込んでおいて、震える子羊に手を差し出しているのに、子羊はそんなオオカミへ律儀にお辞儀をする。それがまたかわいくて仕方がない。

ここでそのチョコレートは一粒二千円すると伝えたら、君はどんな顔をするだろう。
そんな意地悪をしたくなるのをぐっとこらえる。
熱が冷めないうちにと次の予定を翌日に入れ、住所と連絡先を聞き出した。
彼女は明日連れていく場所を知ったらまた戸惑うだろう。
(きっと楽しい時間になる。俺にとっても、彼女にとっても)
俺は川島さんからの誘いを、初めて心から感謝した。

ヒミツのお出かけ

土曜の朝、杏は服装選びに悩んでいた。

【日傘か帽子を持ってきてね】

翔太から昨夜届いたメッセージを読んだ杏は、外で顔がバレないようにしてほしいという意味だと取った。

それはそうだろう、妻以外の女性といることがバレたら大変だ。

杏はいつもなら着ない服を漁り、だが格好いい翔太の横に立って失礼のないような服を選ぶ。落ち着いたピンク色のロングスカートをはいて、ネイビーのカーディガンに袖を通すと姿見の前でくるりと回り、おかしい服装ではないか再度悩んでしまう。

あまり意気込んで楽しみにしていたなどと取られるのも、杏としては癪だ。

スマホが震え、翔太から既に下にいるからゆっくりおいでとメッセージが届いた。

きっちり待ち合わせの十分前。もしかしたら彼はもっと早く来ていて、杏に気を遣わせないようにメッセージを送る時間だけ遅らせたのかもしれない。

そんなことを考えてしまう自分に杏は戸惑っていた。

そちらに向かいますと返信してマンションを出れば、翔太が綺麗に磨かれた黒のセダンの助手席の前に立っていた。

「お待たせしました」

「かわいいね。どうぞ」

助手席のドアを翔太が開け、杏は中に入る。

男性にこんなことをされたのは初めてだ。車は外車で、シートは革張り。見るからに高そうな内装に、いくらするのだろうと思わずキョロキョロとしてしまった。

横から笑い声がして翔太がシートベルトを締めながら杏を見ている。

「車にはあまり乗らないのかな？」

「いえ、高そうだと思って」

「高いがどれくらいを想像しているかわからないけれど、安全性も乗り心地も非常に気に入っているメーカーでね。安全をお金で買えるならある程度出したって惜しくないよ」

出発するね、という翔太に杏は、はいと答える。

お金がある人の考え方というのはそういうものなのだろうか。

杏の元彼も車を持っていたが、小さくて安い方がいいというスタンスだった。もちろん助手席のドアを開けてもらったことなど、付き合いはじめてから一度も記憶にない。

「あの、これからどこに行くんですか？」

不安げな杏に翔太が悪戯な笑みを浮かべた。

「イイトコロ、だよ」


着いた場所に杏は目を丸くしていた。目の前にあるのは動物園の入り口。

ちょうど翔太が入園券を買って戻ってきた。

「日差しが強いからね、日傘か帽子持ってきた？」

「えっと、帽子を」

取り出したのはツバの広い帽子。鞄を広げた時にサングラスが入っているのが見えたのか、翔太が笑う。

「もしかしてバレないようにって意味だと思った？」

図星を指され、杏は表情を隠すように帽子を目深に被る。

ちらりと杏が背の高い翔太を見上げると、かわいくて仕方がないといった表情で見つめていた。

「行こうか。まずはどこから回ろう。せっかくだからなにかイベントも見たいね」

無邪気にパンフレットを読む翔太に、杏は自然と笑みを浮かべる。

「もしかして子どもっぽいって思ってる？　杏ちゃんはこういうところ好きじゃなかった？」

お目当てのキリンの餌やりを見に行くために歩いていると、翔太が拗ねたような表情で尋ねてきた。

「確かに動物園は意外だなって思いました。来たのは子どもの頃以来かもしれません」

「俺は水族館とか動物園とか好きなんだ。ひとりでぼーっと猿山なんて見てると、子連れやカップルから哀れんだ目で見られるけどね」

「ひとりで来るんですか？」

翔太がニヤリと笑う。

「ひとりだよ。女の子と来るのは初めて」

「ここの動物園は初めて、ということなんでしょうね」

杏の冷めた突っ込みに、翔太は笑うだけで答えない。

（きっとこういう場所で仕事のできる男性の子どもっぽい姿を見せられれば、それはポイント高いよね）

流されそうになりつつも、冷静なもうひとりの自分が状況を判断する。

これも彼の計算のうちだろう。なのに彼のペースに流されてしまう。

いや、流されるのが心地いい。それが杏は怖かった。


園内の動物を見ながら、ふたりの会話は弾んでいた。もともと杏は聞き手になりやすいが、翔太がうまくリードして杏に心地よく話をさせている。

翔太が詳しく動物の説明をしていると、なぜか見知らぬ子どもが興味津々で聞いていて、子供から質問をされても嫌な顔もせず丁寧に答えていたり、杏も久しぶりの動物園でいろいろな動物を見たりと楽しい。

感想などを話しつつ歩いていると翔太が腕時計に視線を落とす。

「そろそろお昼にしよう。そこに見えるレストランと、外で食べるの、どっちがいい？ まぁどちらも豪華なメニューがないのは勘弁で」

「天気もよくて気持ちがいいですしパラソルもありますから、外にしませんか？」

「ＯＫ。外だとうどんとか蕎麦とか焼きそばとか、見事に麺類ばかりだな」

外に並ぶ店を見て翔太が感心したように言うと、杏は思わず笑う。

「私はきつねうどんにしようかな」

「動物園だしね」

「親父ギャグですか?」

「ごめん、なかったことにして」

手を合わせる翔太に杏はまた笑い、席を取っておいてほしいと頼まれて場所を確保した。パラソルのついた丸いテーブルにはプラスチック製の椅子が三つ。後ろは大きな木で木陰になっていて涼しい。

しばらくすると翔太が大きなトレーにうどんの器ふたつと飲み物を載せてきた。

支払うという杏に、後で甘い物でも買ってと翔太は言ってふたりで食事を始めた。

「どうしてあの会に所属したんですか？」

「ここで聞くんだ」

食べはじめてすぐに杏が聞きたかったことを聞けば、翔太は苦笑いする。

「気になってることは後で答えてあげる。今はせっかくのデート、楽しむことが優先だ。食事の後はどこに行こうか」

「ペンギンとか見たいです」

「いいね。近くにカバもいるんだけど、あそこは近付きすぎちゃダメだよ」

「どうしてですか？」

「排泄物を振りまくから」

「食事中です」

眉間に皺を寄せた杏に、ごめんごめんと翔太が笑う。

けれど安いうどんを美味しいと子どものように頬張る翔太を見て、昨日のできる男の姿とのギャップに、これも戦略なのだろうと思いつつ杏は悪い気がしなかった。

◇◇◇

汁を飛ばさないようにか気を遣いながらうどんを食べている杏を見て、俺は目を細めた。

彼女と共に過ごしているのは実に心地いい。そんな彼女は今、楽しさの半面、冷静にならなくてはと気持ちが揺れているだろう。

それでいい。これからゆっくり染めればいいのだから。

俺はこうやって女性を甘やかすのが好きだ。自分が選んだ獲物をゆっくりと味わうことが。急いでもなにも得られない。相手に寄り添い、安心を与える。

彼女たちは自分といることで他の顔を見せる、それが俺にとっての楽しみ。

いつもはツンとしていたり肩肘を張っていたりする女性が、自分には子どものように甘え笑う。

そういうのが楽しいとわからない男は、俺からすれば所詮レベルの低い男。まぁそういう男たちのお陰で俺は素晴らしい原石と出逢えているのだが。

◇◇◇◇

水辺の動物エリアに移動した頃には、杏は安心して気を許し楽しんでいた。

安いうどんを翔太は美味しそうに食べているのを見て、杏は翔太が高級なものしか口に合わなさそうと偏見を持っていたことに内心苦笑いする。なにより子ども連れに交じって過ごす穏やかな動物園を杏は無邪気に楽しんでいた。

翔太は動物が好きというのを裏づけるように、杏の質問に詳しく答えてくれ、わからなければすぐさまスマホを出して調べる。

飼育員が質問を受け付ける場面では、子どもに交じって質問するので杏は驚きつつもその姿勢に感嘆する。知りたいという欲求が翔太は強い。

それがわかると、だからこそ社長を務められるのだろうと納得できてしまう。

そして翔太のルックスは人目を引いた。あの人カッコいいよねと何人かの女性が話していたのが聞こえてしまい、隣にいる杏はむずがゆい気持ちになる。スーツ姿も似合っていたけれどカジュアルなスタイルも似合う人なんだと思いながら、こんなカッコいい人と自分が一緒に動物園を回っているという実感が湧かなかった。

「そろそろ閉園時間だね」

「ほんとだ。思ったより満喫してしまいました」

「それはよかった」

人々が出口専用ゲートに向かい、それなりの人混みになりだした。

そっと翔太が杏の手を握り、杏はびくりとする。そんな杏に翔太は笑みを浮かべた。

「人が多いからはぐれないためにね。さて、お腹減った？　夕食はどうしようか」

翔太がさも当然のように言うので、杏は彼ほどの人なら夕食をスケジュールに入れるのは当然のことなのだろうと考えたが、食事を終えてそこで本当に解放してもらえるのかが気になった。また言いくるめられて他に連れていかれたりしないのか心配になってしまう。

そんな杏の不安を見透かすように翔太が口を開く。

「安心して、夕食を食べたら家に送るよ。それで解散。お昼は軽食に近かったし、そうだな、中華は平気？　この近くに美味しいところがあるんだけど」

「高くなければ」

杏が自分の財布を心配して言うと翔太は吹き出した。

「誘っておいて女の子に出してもらうつもりはないよ。じゃぁ中華にしよう。北京ダックが美味しい店なんだよね」

クスクスと笑う翔太に杏は戸惑う。

もちろん男性に奢ってもらったことくらいの経験はある。

だが翔太とはスタートが違うのだ。既婚者と未婚者。本来ふたりで会うことも避けるべき状況なのに、杏は健全だからと自分を説き伏せた。

食事を終え、車は午後九時過ぎにマンションの前に着いた。

「忘れ物はない？」

「はい。今日はありがとうございました」

律儀に杏は頭を下げた。

「今度はそうだな、来週の木曜日の夜は空いてる？」

翔太の言葉に杏は警戒したが、それがわかったのか翔太は笑う。

「知り合いがイタリアンの店を始めたんだ。まだまだ客も少ないから応援がてらそこに行こうと思ってね。予定はどう？」

「お知り合いなら、それこそ私を連れていくのはまずいんじゃ」

「大丈夫。彼もあの会の会員なんだ。で、空いてる？」

そうですか、と杏はあきれ気味に言ってスマートフォンを出し、スケジュールを確認する。

「場所によりますが、多分八時以降なら」

「了解。その日は酒を飲みたいから近くの駅集合にしよう。後で詳細を送るよ」

はい、と答えながらスマホに予定を入力している杏の頬に翔太は手を伸ばす。

ビクッと顔を上げた杏に、翔太は楽しげな表情で言う。

「今日は楽しかった。木曜日、杏ちゃんに会えるのを楽しみに仕事を頑張るよ。疲れたろうからゆっくり休んで」

ドアのロックが外れる音がして、杏は慌てて車を降りた。

「杏」

ドアを閉めようとしたら、そう呼ばれて杏は驚き、車の中を覗き込んだ。

「またね」

悪戯が成功したかのような顔。杏の頬は熱を帯びている。

車のドアを閉め、杏は振り返らずにマンションに入った。急いで自分の家に入り、電気をつけてベッドに倒れ込む。

危険だ。あの人は危険だ。

自分のなにかがそう告げる。

でも楽しかった。それは本心から。ただ異性と遊んだだけで、なにひとつやましいことはない。今日のことは一社会人としてきちんとお礼を言っておくべきだ。

杏は文面を考えている自分がドキドキとしていることに気付きつつも、それがなにによるものかを考えることはしたくなかった。

キスと境界線

利奈から杏に連絡があったのは、翔太と動物園に行った土曜の夜だった。

金曜から土曜は夫が出張で不在だと聞いていたので、おそらくあの会の後は泊まって、そのまま過ごしていたのだろうと杏は思っていた。

メッセージは、月曜日は夜に会合があるから火曜日の夜に会おうというもの。

それもよく使うお洒落なカラオケボックスで。聞かれたくない話はいつもここでしていた。

杏はわかりましたと返信し、火曜日の夜になった。

「まったく、なんなんですか、あの異業種交流会は」

乾杯のカクテルを飲み、開口一番に杏が言えば、利奈はごめんねと言いながらも本気で謝っている様子はない。

「利奈さん、川島さんと付き合ってるんですね」

利奈は軽く笑みを浮かべて話しだした。

「もともとはね、知人を通した飲み会で知り合ったの。業種は違えど同じ営業職、それも彼はかなりやり手で、私は彼に仕事のやり方についてアドバイスをもらったりしてた。ふたりだけで会って飲みだすようになるまで、時間はかからなかったわ。そこで彼は、自分は既婚なのだと明かして私もそう伝えた。だからこそ私は誰にも言えない悩みを打ち明けることができたのよね」

儚げに笑う利奈を初めて見た杏は、ただ続きを待つ。

「私ね、手術して子どもが産めないの」

その告白にさすがの杏も、え、と声を漏らす。

「結婚して二年目だったかな、そこから夫は私に触れなくなった。それまであんなに求めてきたくせに。最初は手術後で遠慮してるんだと思ってた。だけどもう大丈夫だと医師が言っても夫は、心配だ、無理をさせたくないと一切触れない。気が付けば寝室は別々になってた。お互いサイクルが違うからってのが夫の言い分。そんな彼が浮気してると知ったのはそうね、一年後くらいだったかしら」

指を折りながら年数を数えている利奈は、まるで以前対応した仕事を思い出すかのようだ。そして大きなため息をついた。

「男が隠してることって妻にはバレるものよね。私が追及したら夫は遊びだったとひたすら謝ってきた。離婚しないでくれと泣きついてきたのは彼の方なの、そりゃ離婚されたらまずいから」

　杏はあまりの話についていけず、ただ聞くことしかできない。

「なんで離婚したがらないか疑問よね。それは夫の借金を、私と私の親が肩代わりしているから。ふたりのお金なのに勝手に使って株で大損したの。自分の両親には言えない、貸してほしいと泣きついてきてね。もう何年も経つけど微々たる額しか返済してないから九割ほど借金は残ってる。離婚すれば私たちが自分の両親に言うと思ってるから離婚したいとは言えないのよ。夫は自分の両親には真面目でお金にしっかりした子と思われてるからね」

「なにそれ」

　既に利奈の方は怒りなど超えて夫のことをあまりなんとも思っていないようだ。それがわかり、杏は驚いていた。

　ずっと見てきた利奈はそんなことは微塵も見せなかった。杏が元彼のことで相談しても、利奈はいつも親身になって慰めていた、自分が辛い状況であるのを二の次にして。そんな孤独な利奈を川島が救ったのだ。

　呆然としている杏に利奈は小さく笑う。

「川島さんは私が無理していることに気付いてくれた。愚痴を聞いてもらっているうち、彼は私を求めるようになったの。不倫なんてと私だって思ってたわよ？　だけどずっと女として見られてなかったのに、彼は女として私を求めてくれた」

「そんな！　利奈さんは私たちにとって憧れの女性で」

杏が気持ちを伝えると、ありがとう、でもそういう意味じゃないの、と利奈は自嘲気味に笑う。

「男性から女として求められる、それは私にとって思っている以上に必要なことだったんだってわかったの。夫は私を求めないのに浮気。もう女としての魅力はないってどこかで諦めてた。それを彼が打ち砕いてくれて、私に女としての自信を取り戻させてくれた。それは仕事にもいい影響が及ぶほど。感謝しても仕切れないのよ、彼には」

艶やかな笑みを浮かべた利奈に、杏は思わず見とれた。

杏は自分の経験もあって、どんな理由があっても不倫はよくないのだと考えていた。だが利奈にこんな表情をさせるようにした川島を、そして艶やかに笑う利奈を前に、不倫をやめさせたいと思う気持ちは消えていた。誰がこんなにも満たされた顔をする女性を責めることなどできるだろう。

「ところで橋本さんとはどうなったの？　川島さんは、杏ちゃんのことあいつは絶対気に入ったから大丈夫って言ってたけど」

土曜日に出かけたことは翔太から川島に伝わっていないのか、川島が利奈に言っていないのか杏にはわからない。

だが利奈から聞かれてしまえば、杏は素直に白状するしかなかった。

「金曜の夜はタクシー代を出してもらってそのまま帰りました」

「え、それだけ？」

「下の部屋には行ってませんよ」

杏のあきれた目に利奈が意地悪ねと笑う。

「ただ土曜日に出かけました」

一気に期待するような目をした利奈に杏が釘を刺す。

「ご期待に添えずすみませんが、思い切り健全ですよ？　動物園行って閉園間際まで楽しんで、中華料理食べて家まで送ってもらって終了です」

利奈はきょとんとしていたが、動物園！と大笑いしだした。普通の店なら注意されそうな声の大きさだが、こういう時もカラオケボックスは便利だ。

「杏は警戒心が強いものね。さすがそういう順序を踏むってのができる男だわ」

「それは私だってわかっているんですが」

「次の予定は？」

楽しげに利奈が聞いてきて、杏は諦めたように答える。

「木曜日の夜に食事に誘われてます」

迷惑そうにしながらもほんの少しだけ楽しみにしている杏の気持ちに気付いているのか、利奈が口角を上げた。

「身勝手かもしれないけれど、橋本さんが杏をいい方向に導いてくれたらって思っているの。もちろん不倫を勧めたいわけじゃない。だけどあれだけ素敵な人は未婚だろうと既婚だろうとなかなか出逢えるものじゃないと思う。そういう人に杏は気に入られたのよ？　橋本さんと過ごせば自分に自信が持てるようにきっとなるわ」

「利奈さんが心配してくれてるのはわかっていますし、ありがたく思っています。でも彼とは今度でおそらく終わりですよ。動物園で私と過ごして疲れたと思うので」

ややぶっきらぼうに杏は答える。

「ほら、またそんな言い方をする。そう言えばこんなことも川島さんが言ってたっけ。橋本がとても杏ちゃんを気に入っているから、これからが大変だぞって」

「最後の言葉がすごく気になるんですけど、どういう意味ですか？」

焦ったように聞く杏に、利奈はさぁねぇとはぐらかし、ポテトフライを摘まみながらニヤリと笑った。

木曜日の夜。

待ち合わせ時間の少し前に翔太からメッセージが届いた。会議が長引いて少し遅れると。

杏は大丈夫です、気をつけて来てくださいと返信し、翔太から返ってきた短いメッセージを眺めていた。

相手は社長、忙しいのが普通だろう。しかし、翔太は杏のような女性と時間を作ることに慣れているようだ。仕事をそつなくこなすように、誰かと不倫していても一切周囲には気付かせないのだろう。

だが、こうやって忙しい中で杏と過ごす時間を作ってくれることが嬉しいようでいて、そのスマートな行動により、翔太に優しくされていた過去にいた何人もの女性の存在を容易に想像できてしまう。そんなことが過るたび、杏の心のにはモヤモヤとしたものが巣くう。

「ごめん！」

しばらくすると駅の中からではなく、目の前のロータリーから翔太は現れた。

笑顔を見せる翔太に杏は駆け寄る。

「お仕事お疲れさまです。そんなタクシーで来なくても」

「会社からだとタクシーの方が早かったんだ。行こうか、ここから歩いて五分くらいの場所だから」

ごく自然に杏の背中に翔太の手が添えられる。それを杏は嫌だとは感じなかった。


閑静な住宅街を抜けた先にあったのはこぢんまりとしたレストラン。

入り口にはイタリアの国旗が掲げられ、大きなワイン樽が脇に置いてある。

翔太にエスコートされ中に入ると、すぐに若い女性に迎えられ奥の半個室のような席に案内された。店内には大きな窓側のオープンな席と、ついたてを挟んだ壁際に三個ほど半個室のテーブル席があり、落ち着いた雰囲気だ。

「どれも美味しいんだけどね、アクアパッツァや自家製ペンネの料理もお勧め」

「確かにどれも気になりますね」

「シェアしていいならいくつか頼もうか」

はい、と杏はその提案に答え、翔太は軽めの赤ワインのボトルも注文する。

「お酒、実はいける口でしょ？」

「状況によるかな」

杏がつい砕けた言葉で答えると、やっぱりねと翔太は嬉しそうに笑う。

ふたりが話していると、胸元に葡萄のバッジをつけた若い男性が席の横に来た。

「お待たせしました。こちらの赤ワインは私どもが直接イタリアのワイン農家に出向いて仕入れているもので、市場には出回っておりません」

そう説明しながら流れるようにワインを開けコルクを皿に置いて、杏たちの前に差し出す。戸惑う杏に対して翔太は慣れたようにコルクの香りを嗅いで、いい物だねと笑顔をソムリエに向け、ソムリエはありがとうございますと手は動かしたまま頭を下げる。

杏と翔太の前にある大きなグラスにワインを注ぐ間、その美しい赤を杏はジッと見つめていた。

ソムリエが離れ、ふたりは前にあるワインのグラスを持って乾杯した。

「あー、しみる」

ワインを飲んで目を瞑《つむ》りながら言う翔太に杏は吹き出した。

「おっさんくさいって思ってるんでしょ」

「言われたことあるんですか?」

「会社で椅子から立ち上がる時にどっこいしょ、って言ったら部下たちから笑われてね。自分は意識してなかったけれど、おっさんみたいですね、と言われて少なからずショックだったよ」

「まだ三十五歳なのに」

「ほんと。まぁ男は四十からが勝負だよ。髪の毛、下っ腹が出る、いろいろと別れ道さ」

大袈裟に両手を上げて悲しむ素振りを翔太がして、杏はクスクス笑う。気が付けば杏の言葉遣いが砕ける回数は増えていた。

出てくる前菜などを味わいながら、あまり人目につかない席はふたりの関係には居心地のいい場所だと杏は思った。

「先日、利奈さんに川島さんとのこと聞きました。私、彼女がそういう苦しみを抱えていたなんてなにも知らなくて」

お酒も進み、伏し目がちに杏がポツポツと話しだした。

翔太は自分を責めるかのような杏に労るようなまなざしを向ける。

「川島さんたちの間柄を先日話したけれど、実はあれ以上詳しい話はよく知らないんだ。仕事の関係で知人を介して知り合ったとは聞いている。自慢したいほどの相手だって。仕事。あの会で仕事の人脈が広がることも確かにあるけど、パートナーとなった女性に関することは詳しく聞かないのが暗黙のルールでね」

翔太は杏が外に知られることを怯えていることがわかっているのか、だからお互い話さないのだとフォローをする。

「そうは言っても、川島さんから声をかけられて杏と出逢ったから、聞かれればデートしましたくらいは言おうかな。俺だって素敵な女性と出逢ったと自慢くらいはしたい」

杏を見るその目は熱く、目を逸らさなきゃと思うのに杏はできない。

テーブルの下にある杏の足に、なにかが当たった。それは翔太の靴で、杏の靴を脱がすように靴のかかとをコツ、コツ、と軽く当てている。

まるでなにかの合図のようで、杏は恥ずかしさから俯いた。

翔太はわかってやっている、自分の反応を楽しんでいる。

それも受け入れてしまっているのだ。相手は既婚者、深みにはまってはいけない。まだただの食事相手、ただ出かけるだけなら男友達で済むと杏は言い聞かせていた。

「どうしたの？　パスタ取り分けるから食べよう」

「……はい」

か細く出た杏の声に、翔太は口角を上げる。

「杏、俺は君の砕けた話し方の方が好きだな」

そう言って取り分けた皿を杏の前に置けば、杏は潤んだ目をしながら、うん、と答える。

翔太は満足そうに微笑んで、食事を再開した。

その後も話が盛り上がった。杏は速いピッチでワインを飲んでしまい、顔が真っ赤だ。

翔太は杏の住所を知っていたため、タクシーを呼び一緒に乗り込む。酔っぱらいひとりなど、なにかあっては困るのでタクシーに乗せてはもらえない。

マンションに着きタクシー代金を翔太が支払うと、ひとりで戻れると言う足下のおぼつかない杏を支えて、翔太は杏の部屋まで送った。

「鍵は？」

「んー」

鞄に手を突っ込みごそごそしているのを見かねた翔太が、俺が捜すよと鞄を借りて鞄の底に埋まっていたキーケースを発見しドアを開ける。

「いい？　ドアきちんと閉めるんだよ？」

中に杏を入れたが、杏ははーい、と答えるもののたどたどしい。杏は、部屋を出ようとした翔太の背中へ抱きついた。スーツ越しに感じる背中は杏が思うより大きい。

「杏」

「私、怖い」

「なにが怖い？」

「あなたといるのが。でも、離れたくない自分もいて怖い」

酒が引き出した本音なのだろう、杏は翔太の背中に頬をつけ体温を感じながら呟く。服越しに伝わる熱は杏のものなのか、翔太からなのかはわからない。

翔太は杏の腕をそっと外し、正面から包み込むように抱きしめた。

「嬉しいね、甘えてくれて。今度はもっと時間を取ろう。君と一緒に朝を迎えたい。その時はもっと君を甘えさせてあげる」

くい、と翔太は杏の顎に手をかけ、口づけた。

酒が回り、朦朧《もうろう》としている杏は一瞬逃げかけたが、おずおずと広い背中に手を回す。

電気のついていない玄関でのキスは深くなっていき、杏はまるでチョコレートを味わうかのように溶けるような甘さが体中に広がる気がした。

酔いと続くキスの息苦しさで杏がずるりと落ちそうになるのを、翔太が片腕で支え床に座らせる。

「なんとも甘いキスだった。約束だよ、今度はもっと杏を味わわせて」

鍵はキチンと閉めるんだよ、と翔太は何度も言って部屋を出た。

立ち上がってガチャリと鍵を閉め、杏は遠ざかる翔太の靴音を聞きながらドアに頬を当てた。

翔太には帰るべき家があり、玄関を開ければ妻が迎えるのだろう。そう思うとただ物理的に離れることとはまったく意味が違うことに気付く。ドアを挟んだ境界線でふたりは違う世界にいるのだ。

酒の力を借りて本当は言ってはならない言葉を言ってしまったと、杏は強い後悔にさいなまれた。

そして、絶対にしてはならないと思っていたのにしてしまったキス。あんなにキスが甘いものだなんて初めて杏は知った。

知ってしまえばまた欲しくなる。禁断の甘さなど欲しがってはならないのに。

「どうしたらいいの」

杏は苦しげに声を出しながら冷たいドアへもたれかかり、ずるずるとそのまま床にうずくまった。

禁断の甘さ

杏とキスをしたあの夜から、俺は数日おきに杏へ電話をすることを欠かさなかった。未だに思い出す、癖になるようなあの甘い口づけ。

杏のような真面目で自分に理性のストッパーをかけている女性には、なにか他の後押しが必要だ。その最たるものは酒だろう。酒は杏のような女性に、必要な魔法をかけてくれた。

キスの翌日に体調を気遣う電話をすると、杏の声は明らかに後悔の念にさいなまれているようだった。酒が抜けて自分のした行動に驚いたのだろう。だがそれは、心の奥底に眠っていたもの。すぐに顔を合わせるよりも杏に時間をあげたほうがいい。

今日も杏との通話を終えると会社の会議室でひとり、椅子の背にもたれかかった。午後十一時過ぎ、もう会社には誰もいない。

杏には仕事で忙しくなかなか会う時間が取れないと伝えていたが、杏に時間を与えると同時にじらす意味も持っていた。

じらせば果実はより甘くなる。相手も強くなっていく香りに我慢できなくなっていく。

向こうから欲しいと思うようにさせられなければ、単に俺の力不足だ。

「そろそろいいかな」

前回会ってキスをしてからそろそろ一カ月。

スマートフォンをもてあそびながら、次に進むスケジュールを思い浮かべた。

◇◇◇◇

忙しくて会う時間がなかなか取れなくても、翔太はまめに連絡を寄越し、それこそ数日おきに電話をしてきて杏は翔太の変わらない気遣いに戸惑いを感じていた。

無理をしなくてもと言う杏に、翔太は仕事を頑張ってるんだ、君の声が聞きたいというわがままくらい許してほしいと言う。

そんな言葉、杏はかつての交際相手から聞いたことはない。もちろん、会いたい、好きだよという言葉は何度ももらった。

そういう優しく甘い言葉も、時間が経つにつれ杏にかけられることはなくなってしまった。

杏自身、まともではない付き合いだからこそ甘くいられていると頭ではわかっているのに、誰が見ても素敵な男性に求められている——この嬉しさには抗えない。

男性から愛されることにずっと自信をなくしていた杏は、禁断の果実の香りを嗅いでいるような甘さが癖になっていくのをわかっていた。

その後、日程を調整して一泊するのが決まったのは、あのキスの日から一カ月半後だった。

土曜の昼待ち合わせで、日曜日まで一緒にいるというスケジュール。もちろんその前に杏は泊まりに行くことを散々迷った。それがなにを意味するかわかっているからだ。


土曜日の昼、この店で待ち合わせしようと翔太から言われていたが、杏がその店に時間に余裕を持って入店すると、美しい女性スタッフが待ち構えていた。

「橋本様よりオーダーを伺っております。まずはエステ、それから着替え、最後にヘアサロンへ移動となります。すべてこちらの系列店ですのでお任せください」

「すみません、橋本さんからはここで待ち合わせとしか聞いていないんです。もしかしたら人違いの可能性もありますし、電話して確認したいのでしばらくお時間をいただけますか？」

「もちろんでございます。お待ちしています」

杏は笑顔のスタッフと距離を取り、困惑する気持ちを隠すように翔太へ電話をかけるがコール音が続くだけ。

もしかしたら電話に出られないのかもしれない。店の人を待たせている以上、せめてメッセージで返してほしいと縋るような気持ちで送ればすぐさま返信は来た。

まだ飛行機で移動中、スタッフにすべてお願いしているのでお姫様になった気分で味わってきてほしいと。

その内容に呆然としながらも、彼は今の自分では満足していないのだと杏は感じた。

ならばそれに相応しくなるだけだ。

通話を終え、杏がよろしくお願いいたしますとスタッフに頭を下げれば、こちらこそよろしくお願いいたしますとスタッフは深々と頭を下げた。

「実に素敵だ」

翔太が店に来た時には、杏は頭から足下まですべて翔太が選んだ物に身を包んでいた。

髪の毛はふんわりと巻かれ、ドレスのような濃い紫色のワンピースも杏が体形を気にするのを考慮してかロングで上品なもの。メイクは白い肌を引き立てるように艶やかな赤のグロスで、翔太は杏を見て目を細めた。

「こんなに豪華なこと、困惑しているのに」

不満を口にする杏に笑顔を向けると、翔太は持っていた紙袋から箱を出す。

それを杏は見て驚いた。

高級ジュエリー店のロゴの入った袋だ。近くのスタッフが手伝い箱を開け、翔太はネックレスを取り出すと、杏の後ろからネックレスをつけた。

「うん、これで完璧」

V字に開いた杏の胸元に輝くのはひと粒のダイヤモンド。店の照明をすべて跳ね返すかのように光り輝き、その大きさに杏は驚いた。

「翔太さん！」

「いいじゃないか。俺は女性にネックレスを贈るのが好きなんだ。似合っているよ、杏。さて予約の時間に間に合わない。行くよ」

さっと差し出された翔太の腕は、慣れないヒールの高い靴で歩くのに助かる。このヒールの高さも計算のうちだろうかと杏は思った。

連れてこられたのは高級ホテルのフレンチレストラン。

来ている客層で、これだけお洒落をしなければならないことを杏は知る。ドレスコードがあるのか、男性は全員ジャケットを着用し、女性もフォーマルな服装。スリーピースのスーツに、いつの間にか翔太の胸ポケットには杏のワンピースと同じ色のチーフが入れられていた。

窓際の席に案内され、杏は二階分ありそうな一面の窓から見える夜景に感嘆の声を漏らした。

「晴れてよかった。雨ならまだいいんだけど曇りだと目も当てられなくてね」

そういう言葉を聞くたびに、杏はこの場所も他の女性と来たことがあるのだろうと思ってしまう。

先ほどだってそうだった、店側も慣れているのだろう。翔太がこのレストランで他の女性に同じことをしたと想像するのは簡単だった。

(これが普通の交際だったら、元カノとのことで私も不満を言える。だけどこの付き合いはあくまで不倫、それを彼は楽しんでいる。私は彼の気まぐれに選ばれただけで、これだけのことをしてもらってなにか文句を言える立場じゃない。わかってる、彼を好きになってはいけないって。でもここまで優しくされて、なにも感じるなという方が無理……）

杏は苦しい思いを抱きながらまだ体を許していない今なら戻れると思いつつ、この食事だけでもと言い訳してしまっていた。

「どうしたの？　疲れたかな」

心配そうな翔太に、杏は笑顔を作って首を横に振った。

「確かに慣れないことを経験して疲れました。でもこんなお姫様気分を味わえて嬉しい気持ちももちろんあります。ところでこの服やアクセサリーは後ですべて返却ですよね？」

汚さないようにしなきゃと言う杏に翔太は楽しげに笑う。

「すべて俺が買った物だよ。男が女性に服を買う理由、聞いたことがあるだろう？」

この落ち着いた明るさの店内でもわかるほど、杏の頬が赤くなっているのがわかったからか、翔太は吹き出すように笑った。

アミューズを食べ終え、前菜が運ばれる。

杏の緊張をほぐすためだろう、翔太は笑顔で出張先での話をしはじめた。

酒の量を控えていた杏は、自分の理性がまだ残っていることに安堵していた。

ここで帰らなくては。泊まる約束をしていたって、分岐点は完全にここだ。

「出張先で美味しいチョコレートを買ってきたんだ。これが入手困難なシロモノでね、杏に食べさせたくて開店前から並んでしまったよ。お陰で仕事先の人から、なにやってるんですかと笑われて」

「社長さんがそんなことしてたら驚くでしょう」

杏は翔太の困ったような笑い顔へあきれたように返し、顔を見合わせると同時に笑いだした。

ふたりが会話を楽しむ時間を作るかのように、ゆっくりと食事は進んでいく。洗練されたスタッフが肉料理を音も立てずにテーブルに置きメニューを説明するが、実は意味がわからないのを隠すために杏は笑顔を作っていた。

スタッフが離れてから、翔太が笑いをこらえながら杏に説明を始めた。

「『バルバリー種カネットのロティ』っていうのはね、フランスでよく使われる雌の幼鴨のこと。ロティというのは焼くという意味。次に『蜂蜜とスパイス』というのは蜂が花の蜜を」

「そこは知ってます！」

知識のないことを見抜かれフォローされていたのかと思えば、こうやって子ども扱いされているようで杏は頬を膨らませる。だが肉を切ってひと切れ口に入れれば香ばしさとジューシーな肉汁、そして甘辛いソースが絡まって杏は恍惚とした表情になった。

　それを見て翔太が笑うと、杏が恥ずかしさを隠すように眉を寄せる。

「杏がかわいいからついからかいたくなるのは許してほしいな」

「そんなの言い訳です」

　ムッとしながら怒る杏に、翔太は眉尻を下げてごめんと謝る。喧嘩しているようでただじゃれ合っているだけ。すぐにふたりの会話はいつも通りに弾んでいた。

　デザートとコーヒーを飲み終え、杏が化粧室に立っている間に翔太はいつものように会計を済ませていた。少しゆっくりしてから店を出ると、杏は頭を下げて翔太に礼を言う。

「チョコレートは下に取ってる部屋に置いてあるんだ」

　来た。言わなければと思うのに、杏の口は動かない。

　それをわかってなのか、翔太は優しい笑みを浮かべた。

「お互いを知るにはゆっくり話すのは大切なことじゃないかな。甘い物でも食べながら話そう。それに俺はまだ飲み足りなくてね。杏もそうでしょ？　また酔って倒れられても困るし」

前回迷惑をかけてしまったこと、そしてこの後を考え杏は飲む量をセーブしていた。

全部見抜かれている。

そして熱いまなざしが自分に向けられていることが、杏にとってはたまらなく嬉しかった。女として自分を求めてくれることにこんなにも喜びを感じるだなんて。

（利奈さんが言う意味がわかるな）

杏は翔太から逃げるように視線を少しずらして頷いた。

杏が連れてこられたのは上層階。

カーペットと廊下のデザインですら他の階とは区別してあるエグゼクティブフロアだ。

翔大がドアを開けて杏が中に入ると、まるでマンションのようにパウダールームへのドア、その奥にリビングへのドアがあった。リビングに入ると大きな窓が広がり、電気をつけていないのに外の明かりだけで部屋の中が見える。

ゆったりとしたソファーセットにキングサイズのベッド。これだけの家具があってもまったく狭さを感じないほど広い部屋だった。

杏が思わず窓に駆け寄り外を見れば、周囲も高層ビルだというのにそれを見下ろすようなこの部屋からは煌《きら》びやかな夜景が広がっていた。

「気に入った？」

ジッと外を眺めていた杏が振り向くと、小さな紙袋を持った翔太が杏に合図をするように見せる。

「お待ちかねのチョコレートだけど、並んで買ったこれよりも杏にとっては夜景の方が魅力的なのは喜んでいいのか悪いのか」

「ごめんなさい、こんなすごい夜景を見たの、初めてで」

苦笑いする翔太に杏は弁解をしながらも、スーツの上着を脱ぎ、ネクタイを緩める翔太から目が離せない。

シャツのボタンが上からふたつほど外され骨張った鎖骨が露わになると、男性の色気というものはこうなんだと杏はただ見とれてしまう。

自分をジッと見ている杏に翔太がクスリと笑うと、杏は自分の大胆な行為に気が付いて慌てたように顔を背け、また夜景を見るふりをした。

杏からすれば今まで付き合った彼氏にこんな豪華な場所に連れてきてもらったことはなく、初めてだ。いや、着飾られることも素晴らしいフレンチもすべてが初めて。

だが翔太の慣れた行動のすべてが杏の心に影を落とす。

きた。

「ほら、杏、こっちにおいで」

翔太の声に、嫉妬心を悟られまいと平常心を装って振り返ると、既にソファーに座った翔太が自分の隣を軽く叩いている。向かい側にもソファーはあるのに、隣を指定され、杏はおずおずとその場所に座ったのだが、恥ずかしさからか微妙に距離ができた。

その距離が、まるで今の関係を表しているようだ。

テーブルの上にはあらかじめ頼んでおいた赤ワインとグラスがふたつ用意してある。

翔太はワインを開けグラスに注ぐ。そしてチョコの箱を開けた。

「さて、もう一度乾杯しよう。君の瞳に、なんてことは言わないよ」

おどけたように言う翔太に杏もクスリと笑い、グラスを合わせた。

「チョコレートのお味はいかが？」

「濃厚です」

杏がワインを飲んだ後早速口にしたチョコはとても濃厚で、中には甘酸っぱいジャムが入っていて人気というのも頷けるほど美味しい。

「俺も食べたいな」

それがなにを意味しているかわかり、杏は戸惑いながらもひとつ取って翔太の口元に持っていく。

気を付けて正方形のチョコの端を持っていたのに、翔太は杏の指先ごと口に入れた。

驚いて手を離しそうな杏を逃がさないよう、片手で杏の背中を引き寄せそのまま指を舐めていく。

杏の指がゆっくりと溶けたチョコになったかのように、翔太は舌先で味わう。

逃げようとした杏の表情が溶けるように変わっていくのをそばで見た翔太は、目を細めた。

「美味しいね」

ようやく離れた指を杏はだらりと落とし、今度は杏の唇を翔太が味わうために近付く。

「もっと甘い物を味わわせて」

低く甘い、吐息交じりの声が杏のすべてを縛っていくのがわかる。

（あぁ、もう戻れない）

杏は静かに目を瞑った。

杏が目覚めるとそのベッドには自分だけ。

もしやひとりだけ残されたのではと急いで起き上がれば、バスローブを着てパソコンに向かっている翔太の背中が見えて杏は安堵した。

音に気付いて振り向いた翔太は、思わずホッとしてしまった杏のそばに来て、ベッドに腰かけると頬を優しく撫でた。

「体調はどう?」

「大丈夫……」

「ごめんね、朝一で片付けなきゃいけないことがあって。できるならずっと腕枕をして杏の寝顔を見ていたかったよ」

翔太に見抜かれたとわかり、杏はばつが悪くなって顔を背ける。

翔太はそんな杏の頬にキスをした。

「シャワー浴びておいで。モーニングを部屋に頼もう」

脱ぎ捨てられていたはずの杏の衣服は既にクローゼットにかけられ、下着は几帳面に畳まれていた。驚いた杏がそれを持って逃げるようにシャワールームへ入っていくと、翔太の楽しげな笑い声が聞こえた。

モーニングを取るとチェックアウトギリギリまで部屋でまったりとし、杏はドレスではなく最初の服に着替えてホテルを後にした。

それから周辺の公園を散策したり、ウィンドーショッピングを楽しんだりした。

杏の気持ちは完全に以前とは異なっていた。なにかが吹っ切れ、今の時間を楽しんでいる。

マンションまで杏を送り、その入り口で翔太は優しい笑みを浮かべた。

「楽しかった。ありがとう」

「ううん、私こそ」

「また連絡するよ」

杏はこれで終わりかもしれないと思った。一線を越えた、それで男はもう満足だろうと考えてしまう。寂しげな表情を浮かべた杏を翔太は安心させるように話す。

「素敵な女性に会うためなら時間は作るよ。寂しいだろうからネックレスは毎日してくれると嬉しいな」

「でもこんな高価なもの、私には」

「ダイヤモンドに君は負けてない。胸を張りなさい、自分はそれをつける価値のある女性なのだと。じゃ、お休み」

そう言って微笑み、翔太は杏の額に軽くキスをして帰っていった。

杏は家に入り、買ってもらった服などが入った大きな紙袋を置く。

鏡に向かい、自分の胸元に輝くネックレスに触れた。魔法が解けそうなのに、これがあることで現実と繋ぎ止められているような気がする。

(もう戻れない。だけど、後悔していない)

あれだけ止まろうとしていた理性は簡単に打ち砕かれた。

もともとあそこで引き返す気などなかったのだと自分で思い知る。

杏は美しいドレスを袋から出し、抱きしめた。

◇◇◇

日帰り出張で俺は空の上にいた。

今日の会談は成功、新しい取引先が急かすのですぐに契約書を作成する。部下に投げる時間で相手先の機嫌を損ねるくらいなら自分が動けばいい。仕事は遊びではないのだから。だがそんな俺もこの頃は久しぶりの趣味を楽しんでいた。

『土曜日昼から日曜日まで、杏の時間をくれないかな』

先日電話で伝えた時、杏が戸惑う様子が電話越しにでも伝わってきた。

このままでは逃げられかねない。断られる前に俺は優しく言葉を続ける。

『怖いなら手を出さない。俺が忙しいせいで一カ月ほど会うこともできなかっただろう？　ただ杏とふたりだけでゆっくり話す時間が欲しいんだ』

寂しそうにそう言うと、杏はしばらく迷っていたのだろう、私も会いたいと素直な気持ちを伝えてくれた。泊まるとは言えない杏の、精一杯の言葉だとわかる。

手を出さない、これは呼び出すための嘘ではなく本音。

俺の目的は、彼女の体だけじゃなく心も取り込むこと。

本人が納得していないのに、無理矢理自分のモノにするなど俺の美学に反する。

不倫に美学もなにもないことくらいわかっているから、自分であきれていないわけじゃない。だがそうやって彼女たちの意思を尊重し、ゆっくりと関係を進めて俺の手に落ちた後、心から幸せそうにする姿を見てしまえばまた味わってみたくなる。

「我ながら業が深いな」

俺は小さく呟いた。

妻には出張があって日曜の夜遅くまでかかると言ってある。

そうなの、頑張ってと綺麗な笑みを浮かべたその裏で、彼女がすぐに男に連絡することくらいわかっている。

お互いわかった上での自由な付き合いだ。

スマホが震えているのに気付き、開けば杏からの着信とメッセージ。やはり俺の仕組んでいたことに驚いているようだ。サプライズが成功したことに笑みを浮かべながら短く返信をした。

そろそろ羽田空港。着陸が近いというアナウンスが流れる。

自分の見つけたかわいい着せ替え人形と会うのを楽しみに、俺はノートパソコンの電源を切った。

待ち合わせ場所に行けば、かわいい着せ替え人形の仕上がりは予想以上だった。

こんなことをされてびっくりしたんだからと抗議をしてくる杏は、喜びよりも困惑が多くを占めているようだ。着飾らせてもらってラッキーだと思う女性なら俺は選んでいない。

既に買ってあったダイヤモンドのネックレスを杏の首元につければ、目を丸くした後に大きな声で俺の名を呼んだ。ハッとした杏がキョロキョロと周囲を見回し、上目遣いで俺を睨むその姿はただかわいらしい。

もともと磨けば光る子だと思っていたが、こうやって着飾った違う自分を見ておそらく杏は違う側面を知ったに違いない。綺麗な自分を知ること、その手助けを俺はしただけ。杏ならばきっとこれから自分で自分を磨いていくだろう。

レストランにエスコートすると杏は随分と緊張していた。ここならスタッフのレベルも食事のレベルもわかっている。予約しておいた窓際の席に見慣れたスタッフが通してくれた。

緊張している杏はちらちらと外の景色を眺めたい様子だったので、少しおどけた風に景色の話をすれば杏の表情が曇った。そしてその顔は段々と俯いていく。

「どうしたの？　疲れたかな？」

心配そうに聞いてみれば、杏はその心配を打ち消そうと笑顔を作って首を横に振る。

杏の態度の理由はなんとなく勘づいていた。きっと俺が着飾らせることやこのレストランにも慣れていることで、今までの女性を考えてしまったのだろう。

だがそれも作戦のうち。

杏が俺を男として強く意識し嫉妬し、この禁断の甘さに酔ってもらわなければならない。

理性と欲望の狭間で揺れるその姿は、女性の美しさを引き立てる。

そう考える俺からすれば、杏は今まで選んだ中で一番の理想の女性だった。

服も小物もそれこそダイヤモンドですら杏のために買った物だというのに、返すことを当然に思っているのがまたかわいい。

服を贈る意味を伝えれば、杏の顔は真っ赤になり思わず俺は笑みをこぼす。

(食事の後のデザートが楽しみだ)

君は気付いているだろうか、もう俺に捕まったという証しがつけられていることに。


食事を終え、苦労して手に入れたチョコレートを部屋に置いているのだと告げると杏の瞳が揺らぐ。悩んでいても嫌だと口に出せないのはわかっている。自分で踏み出せないのなら俺が軽く背中を押してあげればいい。

熱いまなざしを向け、まだ話したいのだと言えば杏は素直についてきた。

杏はさっきまで固まっていたが、部屋に入り大きな窓に広がる夜景が気に入ったのか、子どものように窓に手をついて眺めている。

そんな杏を横目に、広いパウダールームでうがいと手洗いを素早く済ませた。これから女性に触れるのには、これくらいはマナーだ。

女性は心が満たされることを味わいたい。

それには自分が大切にされていると感じることが大切。

なに食わぬ顔でパウダールームから出てきて声をかけると、不思議そうな顔をしている杏にチョコレートの紙袋を見せた。

それをテーブルに置いて、声をかけながらネクタイを緩める。

そういう仕草は女性に見せるのが効果的。

シャツのボタンを外していると、案の定戸惑いながらも杏がジッと見ていて、ハッと我に返ったのか背を向けたのを見ておかしくなる。

先に部屋へ入れておくようオーダーしておいたワインは、テーブルにグラスと共に用意してあった。

「ほら、杏、こっちにおいで」

向かい合わせにあるソファーだが当然のように自分の横に座るよう合図をすると、杏は戸惑いながらも従う。だが少しだけ俺から距離を空けて座るのがいじらしい。

ワインを少しだけ飲み、俺はまず杏にチョコレートを食べさせた。

そして、ここからだ。

「俺も食べたいな」

杏の方を向き、小さく口を開ける。

意図を理解した杏は一瞬躊躇していたが、それでもチョコをひとつ取って俺の口に運ぶ。サロンでピンク色に塗られた指先は小さく震えていた。

口に入れたチョコとその指を逃さないように片手で杏の背中を引き寄せそのまま指を舐め、チョコとそのかわいい指を舌先で味わう。

強ばっていた表情はとろんとした目に変わっていき、杏のすぐそばに近付き耳元で囁く。

「もっと甘い物を味わわせて」

杏は既にわかっていたのかゆっくりと目を瞑り、俺は壊れ物を扱うかのようにそっと頬に手を伸ばした。

杏がライトを嫌がり、部屋の中は窓から差し込む明かりだけ。白い肌にたくさんのキスを身体中に落とせば、初めてじゃないはずの杏はまるで少女のように恥じらっていた。

「私、もう若くないし、下手だし……」

杏は目を逸らしてそんなことを言う。くだらない呪いをかけたのは前の男なのだろうか。なら俺がその呪いを解いてやればいい。

「杏は綺麗だよ。大丈夫、なにも考えずただ感じるままでいればいい。杏の甘い声が聞きたいんだ」

口を引き結んで快楽に抗う姿もかわいいが、無理に我慢させないためにも杏の髪を安心させるように撫でていく。段々と力が抜けるのを見逃さず、彼女の耳元で囁く。

食べてもいいかな、と。杏は潤んだ目でこくりと頷いた。

唇を噛んでこらえていたが、やがて快楽の波にのまれるように艶やかに変わっていく杏の姿をこの目で、耳で、そして肌で味わう。

なんてかわいらしく、それでいて妖艶なのか。

こんな杏をきっと今までの男たちは知らないだろう。こうやってより俺がより美しく彼女をしているのかと思うたびに興奮する。

だが身勝手に急くことはしない。

この行為だって杏の心を満たすためのひとつなだけだ。

ふたりで眠りにつき、ふと目を覚ます。

隣にはすぅすぅと俺の腕で眠る杏がいる。

サイドテーブルにある時計を確認し、杏を起こさないように慎重に寝かせると、俺はシャワーを浴びてバスローブに着替えた。

いまだに寝ている杏の髪をそっと撫でてから、机に向かうとパソコンを開く。

この二日間の時間を作るためいろいろとスケジュールを詰めた。その代償としてまだ日も出ていない時間から仕事をこなすくらいなんでもない。

杏が起きれば今までとは違うふたりの関係がスタートする。

彼女が起きてからの反応がただ楽しみだった。


ベッドで音がして振り返れば、そこには迷子になった子どものように不安な顔をしている杏が体を起こしていた。そして俺を見つけその表情は安心したように変わった。

立ち上がってそばに行きベッドに腰かけて、頬を撫でながら体調を尋ねる。

無意識なのか、杏は目を閉じて頬を俺の手にすり寄せた。

急ぎ仕事をする必要があったこと、本来ならずっとそばにいたかったと伝えれば、杏は不安を見抜かれたことで気まずそうな顔になる。

そんな顔も愛おしくて、横を向いている頬にキスをした。

シャワーを浴びてくるように勧めれば、うんと答える杏の顔から罪悪感などはうかがえない。自分の服がどこにあるのか考えていなかったのだろう、視線だけで探しているようだ。

そして下着がソファーの上に畳まれているのを見つけ、ベッドから飛び出しそれを抱えると、急いでシャワールームへと消えた。

「これだからやめられない」

思わず声を出して笑ってしまった。

プレゼントのラッピングをビリビリと破き、放置する男は多い。だがそのラッピングはその子が相手のために悩み選んだもの。それを無下にするなど配慮が足りない。

そんなことくらいと大抵の男が思うことですら、こうやって丁寧に扱うことが彼女たちの心を満たし俺への信頼に繋がる。仕事ならできるはずのことが、女性相手だとできない男はやはり勝ち上がってこないものだ。

さて、この後彼女をどう甘やかそうか。

不倫だろうがなんだろうが、相性のいい相手と結ばれる可能性は人生でゼロの場合もある。

こんな貴重な出逢い、自分が結婚をしているかどうかなんて関係はない。

チャンスは得てこそ意味がある。

俺は満ち足りた気持ちで再度パソコンに向かった。

不倫の代償と新たな世界

それから杏と翔太は定期的に会うようになった。

翔太の仕事が忙しいため夕食だけで解散することもあれば、どこかのホテルで一夜を共にすることもある。時には一泊二日で温泉旅行を楽しんだりもした。

できるだけ時間を作って会おうとする翔太に、杏は嬉しく感じると共に罪悪感を抱く。

妻との時間を減らしている、不倫している身で身勝手だと思いつつも相手の様子が気になって翔太に杏はそれとなく聞いたこともあったが、翔太は自分の趣味の時間を杏に使っているだけだと言った。

趣味の時間。

その言葉で、翔太にとって杏は趣味のひとつだと思い知らされた。

だがこれだけ会って肌を重ね、好きだとお互いベッドで口にすれば、杏としては感情のコントロールが効かなくなるのではと怖い。こんなに好きだと言ってくれるなら、こんなに私に時間を割いてくれるのなら、と自分が翔太の妻になる可能性が頭の中によぎる。

それを翔太は見透かすように、

「俺は妻と別れることはない。だけど君が一番なんだ」

と甘く、そして寂しげに囁き、ダイヤモンドのネックレスに触れる。

甘いチョコレートの味を教えられ、逃げられない首輪をされているようなのに、杏は嫌だと思えない。

どうしたらこの関係は終わるのだろう。杏は終わらせたくはないのに終わりたいという気持ちとの狭間で葛藤する日々が続いていた。

久しぶりに杏と利奈は夕食を一緒にすることになった。

選んだのはやはり行きつけのカラオケボックス。もうふたりで話すには、個室かこういう場所でなくてはならないようになっていた。

「そのネックレス、すごいわね」

ニヤリと利奈に胸元を指さされ、杏ははにかんだ。

「橋本さんからの贈り物？」

杏ははい、と頷きながら答える。

「すごく大きいけど、本物のダイヤモンドなの？」

「そうみたいです。チェーンにハイジュエリー店のロゴが入ってました」

「わぁ、さすが社長、太っ腹！」

「私も驚いたんですが、いつもつけていてほしいと」

「へぇ、橋本さんって意外と独占欲強いのかな」

「なんでですか？」

「マーキングみたいなものでしょ？　そんなダイヤモンド、大抵の男は簡単にプレゼントできないんだし」

ピザを摘まみながら利奈が指摘すれば、杏は眉尻を下げた。

「周囲には自分で奮発して買ったと言ってます。彼氏もいないのにもらってるなんて不自然ですし」

「そうよねぇ、彼氏ってわけじゃないのよね」

利奈の声に暗さはない。

「だけどそのネックレスを言われた通りつけているってのはちょっと意外。紹介した自分が言うのもなんだけどそんなに橋本さんに惚れ込んでいるの？　さすがに心配になってきちゃって」

利奈は杏を気遣い、言葉を選んでいるようだった。

「だって杏は独身でこれからがある。私たちみたいに既婚者同士で割り切っている関係とは違うでしょう？　橋本さんほどの人なら惹かれるなって言う方が無理なのはわかっているんだけど」

杏は少し笑って白ワインを飲んだ。

「正直に言えば彼に惹かれています。とてもそれが怖い。でもこのネックレスをつけていて、豚に真珠とか周囲に思われるのは嫌なんです。少なくともこのネックレスをつけていて堂々としていなければ、彼のそばには立てない。それが、本来あってはならない立場だとしても」

杏は真っ直ぐに前を見ていた。

あの日、翔太に着飾らせてもらい、越えてはいけない一線を越えてから、杏は自分を磨くことに意識を向けだした。

いつもひとつに結んでいた髪を下ろし、髪色も少しだけ明るくしてカットも軽やかな印象に変え、服装も以前のようなブラックやネイビーばかりではなく明るい色を取り入れるようになった。

勇気を出してデパートのコスメ売り場へ行き、ＢＡに相談してナチュラルながらも上品になるようにコスメを一式買って、雑誌を見ながら日々実践している。

もちろん外見だけではいけないと、会社では意識的に前に出る仕事を自分で買って出るようになった。

杏のいる総務部は株主総会の準備を行う。取締役や監査役には他企業と兼務している者も多数いるため、杏がその先に出向いて打ち合わせを担当することになったのだが、それも杏自らが名乗り出たこと。もともと裏方で仕事を把握していた杏はスムーズに仕事をこなし、その上、杏の清楚な雰囲気と時折見せる笑顔は好印象を与え、うちの息子の嫁に来ないかと言われるほどだ。

結婚するなら杏という男性社員の評価は、付き合いたいというものに変わっていた。そもそも付き合うなら外見を重視するのに、結婚するならその点を削ってでも堅実性を重視するという考えはある意味失礼な話だが、いつの間にか杏は見せびらかしたい相手という評価も手に入れていた。

胸を張り、綺麗な笑みを浮かべて言い切った杏を見て、利奈は驚いたように目を見開く。元彼に二股をかけられて男性不信になっていたが、同時に自分に魅力がなかったせいだと自らを卑下していた杏。

それが翔太と出逢い、ある時から変わりだした。

利奈はホッとしたように息を吐いてから、杏に尋ねる。

「杏が前を向いてどんどん綺麗になっていく理由、私にもわかるわ。私だってそうやって助けられたし自信に繋がったもの。そのことはすごくよかったって思ってる。会社の男たちも今では杏と付き合いたいなんて言っているし。でもね、やっぱり確認させてほしいの。杏は橋本さんとどうにかなりたい、なんてことは考えていないよね？　それとも橋本さんがそういうこと、ほのめかした？」

変わろうと努力していたものの、周囲からそのように見られているのを杏は知らなかった。そして利奈が何度も確認をしたくなるのも無理はないと理解できる。

「川島さんに好意があるからこそ関係を続けているんですよね、利奈さんも」

質問したはずがなぜか質問を返された利奈は、戸惑いながらも、ええと答えた。

それを聞き、杏は微笑む。

「あの人の本当の相手にと、思ったことがないわけじゃないです。それだけ好きだから付き合っていますし。だけど利奈さんから旦那さんや川島さんとの話を聞いて、きっと結婚すればお互い見なきゃならない面倒なところを、この関係って見ずに済んでいるんだなって。それは彼も同じだと思います」

微笑んでいた杏の顔は知らず知らず俯いていき、視線は下を向く。

「彼にとって人生のパートナーは今の奥さんだときちんと釘を刺されています。所詮、私は彼の趣味のひとつなんです。そして趣味だとしても彼の恥にはなりたくない。……あんな人に相手をされてたら、大抵の男性が霞んでしまいそうで怖いんですけど」

杏も当然自分の立場は理解している。そうしなければ見失ってしまう。

結婚すれば生活を共にし、小さな違いでもストレスになるだろう。

不倫はそういう面倒で現実的な部分を味わわない。だからこそ楽しく気楽なのだと頭では理解していた。だけれど理性では抑えきれない欲望が自分にあることも杏は認めざるを得なかった。

「いい男に認められる、かわいがられるってやっぱり自信になるのよね。それがたとえ、世間では許されないものであったとしても」

杏の覚悟に利奈は驚いていたが、杏の心が覚悟の半面揺れ動いていることにも気が付いているのかもしれない。

きっとこういうことは経験した者にしかわからないものだろう。

杏はここまで想いを強くしてしまったからこそ、どこかで引き際を決めなければならないという思いを持っていた。または突然終わりが来るのだろうか。

（突然終わりが来るくらいなら、自分の意思で終わらせたい）

杏はそう思う。この関係には必ず終わりが来るとわかっているから、いつも怖いのだ。

お互いしばらく黙っていたが、目が合い利奈と思いが通じ合ったように苦笑いを浮かべ、新しく頼んでおいた甘いカクテルのロンググラスを掲げた。

翔太との不倫関係が半年ほど続いたある日。それは突然のことだった。

杏の会社に、とある企業の広報部の女性が来ると総務部に連絡があった。

対応は営業部がするが、お茶出しを杏にしてほしいと営業部から頼まれ、杏はなぜ自分が指名されたのかわからない。

（もしかして利奈さんが担当するのかな。だから私にお願いしたのだろうか）

利奈に確認したいが時間がない。杏は言われた通り給湯室へ行ってお茶の準備をした。

会議室のドアをノックし、声をかけて中に入る。香水の香りがこの場所まで香ってきて、杏は顔をしかめそうになるのを我慢した。

明るい会議室のテーブルには上座に女性と男性がいて、下座には杏も知っている営業の男性がふたり。利奈がいないのに呼ばれた理由はなんなのだろうか。

杏はいつも通りに上座の女性からお茶を書類の邪魔にならないように置くと、香水の香りがするボブヘアの女性がちらりと杏を見て微笑む。

女性の年齢は三十代半ばくらいだろうか、隣の若い男性を引き連れている姿は様になっている。

長いまつげにしっかり施されたメイク。お洒落なネイルアートで飾られた指先にはストーンが煌めいていた。

政治家の女性が着ているような上下真っ白のスーツはとてもスタイリッシュで、身体のラインにフィットしている様子からオーダーメイドだろうと思えた。

杏は各自にお茶を配り終えると、頭を下げてドアを静かに閉める。

ひとつの視線が自分に向けられていることなど杏は気付いていなかった。


「園田さん」

デスクで仕事をしていた杏に、先ほど会議室にいた営業部の男性が声をかけてきた。

杏はなにか失礼があったのではと立ち上がる。

「いやいやなにもないから。そうじゃなくてね、取引先の人が君を呼んでいるんだ。

さっきの会議室に行ってくれる？　知らなかったよ、橋本さんと知り合いだったなんて」

杏は意味がわからず聞いていたが、橋本という苗字を聞いて顔が強ばっていく。

先ほどの女性は年齢的に翔太と近いように見えた。それでいて橋本という苗字の女性に杏は覚えがない。なのに相手が呼んでいる、もうそれは翔太の妻だ。

ぐらりと地面が揺れた気がして思わず杏は机に手をついた。

「大丈夫？」

「すみません、ちょっとめまいがしただけで」

男性が心配そうに声をかける。

まさか。まさかこんなところで不倫相手の妻が自分に声をかけてくるなど想像できただろうか。そもそもこの会社に来たのは偶然か、それとも仕組まれたものなのか。

これを翔太は知っているのか、杏は頭も心も混乱していた。

「もし行けそうなら行ってくれる？　あちらもお忙しいからお待たせするのは」

あまり待たせて取引先の機嫌を損ねたくない、そういう雰囲気を感じ取って杏は震えそうな声で行きますと答えて足を進める。

だが同じフロアのはずなのに、目の前が真っ白になりそうだ。

翔太に連絡したいのにその時間すら与えられなかった。

なにを言われるのだろう。金を払えと、いや翔太の不利になることを言われたら。

杏は現実に起こる不倫の代償を、本当には理解していなかったことを痛感していた。

会議室に着き、呼吸を整えドアを叩く。

どうぞ、という声で杏はドアを開けた。

中で座っていた白いスーツの女がタブレットから顔を上げて立ち上がった。

ドアを閉め、杏は手を前に揃え頭を下げる。

「橋本様、なにかご用と伺ったのですが」

「ええ。まずはこちらに座ってください、園田杏さん」

フルネームで呼ばれ、杏の顔は強ばる。

きっとすべてわかっている。だがもしも鎌をかけられているだけなら下手なことは話さない方がいい。自分の行動次第で翔太の首を絞めることになると思うと、杏はそれだけはしたくないと思っていた。

橋本と名乗る女性が腰を下ろし、テーブルを挟み前に座った杏に名刺を渡した。

「初めまして、橋本愛《あい》です。翔太の妻、と言う方がわかりやすいかしら」

余裕たっぷりに微笑む愛に対し、必死に杏は心を落ち着けようとする。

言い方からしてやはりすべて知っているのだろう、もう逃げることはできない。

「初めまして、園田杏と申します」

下手になにか言うのを避けるため、杏はそれだけの自己紹介にした。声が震えているように思ったが、それが伝わってしまったのではと怖い。

「ふふ、そんなに怯えないで。今、翔太がかわいがっている女の子でしょう? 彼は趣味に没頭している時はその趣味だけになるの。今回は特にかわいがっているみたいだから私も気になっちゃって。翔太って大人の余裕ぶっている割に、独占欲があるのよね。こういうのに女は弱いってのをわかってやってるんでしょうけど」

きつい香水に、まったりとした声。

そして、綺麗な指先で自身の胸元を指さした。ネックレスのことだ。

杏はそれすら気付かれていることに、もしかして夫婦で情報を共有しているのではと思えてきた。お互いに今の趣味について話す。——その趣味が不倫であったとしても、このふたりなら内容を語り合いそうな気がして、杏はなにを信じていいのかわからなくなる。

「さっき対応した男性に聞いたんだけどね、あなた、ここのところ評判がいいそうよ?」

なにを言っているのかわからず杏は戸惑いを浮かべた。

「翔太の育て方がいいんでしょうね。あなたの価値が上がっているってこと。言っておやりなさいな、会社でモテるんですよって。喜ぶわよ」

始終楽しげな愛に杏は翻弄されているが、足に力を入れ必死に自分を保っていた。愛の本当の目的はわからない。愛人と本妻が対峙していて、やはり圧倒的に余裕なのは本妻である愛。それを見せつけられて、杏はただ唇を噛む。

そんな様子を見てから、愛は荷物をまとめて立ち上がる。

「園田さん、あなた、本当は商品企画部に行きたかったんですって？　それもあなたの評判がいいと話してくれた男性が言っていたわ」

突然そんなことを言われ、杏は間の抜けた顔をしてしまった。

「社内コンペ、どの部署からでも出せるらしいじゃない。なのに、なぜやらないの？」

杏はもともと商品企画部に行きたかった。そもそも、会社の商品が好きで入社試験を受けた。だが杏は入社してからずっと総務部。一度も異動の話はない。

会社では社内の活性化を目的に時々社内コンペをするのだが、杏にはそれに出す勇気がなかった。そこで失敗し、商品企画部へ行く道が絶たれるのが怖かったからだ。

「私ね、翔太よりも年上なの。だけど相手にする子はひと回りくらい下の子だっているるのよ」

今度は愛がそんなことを話しだして、杏は驚きながらも聞き入ってしまう。

なにを言っているのか、意味がわかるからこそ。

「のし上がりたいって思ってる子に声をかけるの。ようは私のコネで仕事する気はあるかって。ただし、コネで仕事を与えた以上、私の顔に泥を塗る真似はしないでちょうだいって言うわ。そして今のところ順調。会社での私の評価もプライベートも、ね。」

愛はそう言って笑った。

「翔太から育てられるというせっかくのチャンスを得たのよ、今あなたが翔太に相応しくありたいと思うのならもっと欲深くなりなさい。あなた、二十八歳なんですって？　三十を前にすると余計いろいろなことが怖くなる気持ちもわかるわ。でもね、もう二十八歳じゃない、まだ二十八、なんだから」

頑張りなさいな、愛はそう言いながら軽く片手を振って会議室を出ていった。

杏は椅子から立ち上がることができず、愛の出ていったドアをただ見つめる。

（器が違うってこういうことなんだ）

杏はそれを痛感していた。自分の想像する夫婦のあり方を、ふたりは超えているのだろう。

夫の不倫相手である杏に背中を押すようなことすら言うその様に、杏はなぜか笑うことしかできなかった。


杏は時間を見て手短に愛との話を翔太にメッセージで伝えた。

返信はすぐに来て、その夜、急遽会うことになった。

「そうか、乗り込んでいったか」

ここは杏のマンション。持ってきたワインをふたりで飲みながら、杏から詳しく事の経緯を聞いた翔太は苦笑いした。

「心臓が止まりそうだったよ」

隣に座り、項垂《うなだ》れた杏の頭を優しく撫でる。

「俺たちは別に、相手がなにしているか教え合ったりはしない。だけど勝手に調べてはいるんだよ、変な相手に関わると自分の仕事にも影響するしね。彼女も俺が今回ご執心だから気になったんだろう。だがそんなことを言うなんて彼女らしい」

翔太も愛も念のためということで、裏でどんな相手と付き合っているかはいつも調べていると言った。

　杏は愛の来訪に心から怯え、そして本妻と愛人との格の違いを見せつけられた気がした。翔太が愛を人生のパートナーと言い切り、妻は彼女だけというのも無理はない。

「美しくて強い人だね」

　翔太は自分の肩に杏の頭を引き寄せ、寂しそうに言う杏の柔らかな髪を撫でる。

「翔太さんがあの方を人生のパートナーと言い切るのがわかった。私なんて太刀打ちできる相手じゃない」

「おや、立ち向かおうとしていたんだ。それは嬉しいね」

　明らかに落ち込んでいる杏に、優しく翔太が声をかける。

「杏、勘違いしてるかもしれないけれど、彼女だって最初から今のようだったわけじゃない。もともと素質のある人だったから才能が開花するのは早かったけれど。君には君のよさがあって、俺はだからこそ君に決めた。君は、必死に俺に相応しくあろうと頑張っていただろう?」

　杏は翔太に相応しくあろうと努力していたことがお見通しだったのを知り、悲しいよりも笑えてしまう。

　不倫を元彼のせいで嫌悪していたはずが、あの異業種交流会で翔太と出逢い、杏の世界は否応なしに変わっていった。容姿端麗で地位もある男性に甘やかされ、杏の心の傷が小さくなっていったのは事実。だが翔太には妻があり、所詮杏は愛人。幸せを感じながらもずっと不倫をしていることに怯えていたのだ。

そして翔太の妻である愛から指摘されてしまった、杏がいろいろと逃げる言い訳にしていた年齢のことを。それは杏に衝撃を与え、愛がいなくなった後もずっと考えていた。

甘いこの関係はいつかは終わりが来る。頭ではわかっていたけれど、こんなにも突然訪れるなんて。でもこれが潮時なのだ。どうしたってあの愛に、杏は今のままでは足下にも及ばないとわかってしまったのだから。

「ねぇ翔太さん」

杏の問いかけに、ん？と翔太は言う。

「ここで関係を終えたいって私が言ったら、寂しい？」

こう言えばきっと、寂しがっている気持ちを伝えながらも引き留めることはないだろうと杏にはわかっていた。

だがやはり聞きたい。聞かなければ終わりにはできない。

翔太は杏の肩を引き寄せた。

「寂しいよ。正直に言えば手放したくはないし、せめて君が飽きるまで関係を続けたい。いや、君に相手ができても関係を続けてほしいとすら思っている」

それは杏にとって予想外の返事だった。

「君が彼女に会ってわかったように、彼女は俺が誰かを愛でることを許容している。今日のように直接会いに行ったのは初めてだが。それだけ、君は俺にとって今までとは違うと感じたんだろう。俺が言っていることは身勝手すぎると自分でもわかっているよ。だからもし俺が君の親友ならこう言うだろう、『結婚できる可能性のない男と遊んでいるより早く素敵な相手を探せ』ってね」

杏はそれを聞き、結局彼は身勝手な願望を抱き私に起きる事実を突きつけ、自分で選択するよう迫っているのだと理解した。

(ずるい人だ。そんなの、わかっていたはずなのに。そして、私もわかっていて関係を続けていたずるい人間だ)

「結局、私にやめるよう決断させたいんだね」

「さっき伝えたように、本音は君を手放したくない。でも真面目な人間なら俺から離れるように言うだろう。それだけ君は素敵な女性になれたのだから」

カウントダウンだ。時計の針が動く音が杏の耳にはいやにはっきりと聞こえる。

「私は、このダイヤモンドに相応しくなれた？」

あなたのくれたこの素晴らしいダイヤモンドをつけていられるように、あなたのそばにいることが相応しいようにと自分なりに努力してきたことに意味はあっただろうか。

「もちろんだ。だから手放したくないんだよ」

「嘘つき」

思わず杏はそう口にしていた。気が付けば涙が頬を伝っている。

「あなたが、まだ独身の時に会いたかった」

「うん」

「そしてあなたと、なににも怯えない恋がしたかった」

翔太は杏の瞳から溢れる涙を指でそっと拭いながら、また、うん、と目を逸らさずに相づちを打つ。

「出逢いたくなかった。でも、出逢ったからこそ私は自分に少しは自信が持てたんだと思う。だから翔太さん、感謝してる」

強がりも入っていた。だが杏が頑張って笑顔を見せると、翔太は奥歯を噛みしめ、向けられた眩しい笑顔から逃げるように顔を逸らす。

「しょう……」

翔太の名前を杏が呼ぶ前に、自分の表情を隠すように翔太は強く抱きしめる。その顔には杏にいつも見せる穏やかな笑顔も悪戯な子どものようなものはなく、ただ苦しみに耐えるように眉根を寄せ、目をギュッと瞑っていた。

翔太は息を整え、絞り出すような声で言う。

「こちらこそ。君はもっと素敵になる。やりたいことを胸を張ってやっていい。今までは趣味だと思っていたこの関係が、こんなにも苦しいと思ったのは初めてだ」

翔太の声は低く感情を殺しているようで、初めて聞くその声に杏の涙があふれる。

彼を少しは揺さぶることができた、それが自分へのご褒美に思えた。

「今日が最後の時間だろうか」

翔太が覚悟を決めたように声を出す。

杏には翔太がまだ本音を隠しているように見えた。翔太の瞳には名残惜しさが浮かんでいるように感じてしまう。

杏を褒めてかわいがり、安心させた声、体温。それは翔太だったからこそ意味があった。自分だけ一方的に与えられていると後ろめたい気持ちでいた杏は、自分が彼に与えていたこともたくさんあったのだろうと今なら思える気がした。

最後の時間と翔太が断言せずに確認をしてきたこと。杏は今までで一番翔太が自分を欲しているのだと痛いほどに感じる。

杏はそっと翔太の頬を両手で包む。

こんなにも心から自分を惜しんでくれていることがわかり、この上なく心から満たされた気がした。あとは少しでも、近くにいる時間を共に。

「うん、朝を一緒に迎えるのはこれで最後。だから、一番あなたのそばに行きたい」

涙を浮かべたまま微笑む杏に翔太は目を細め、ゆっくりと時間を惜しむように顔を近付ける。

「そうだね、最後、最高に甘い物を味わわせてくれ」

翔太は杏を抱えるとベッドに連れていき、余裕なく杏を組み敷いた。複雑な感情を宿した瞳で杏を見下ろしキスをする。

それはすぐに深いものになり、むさぼるようにキスをするふたりの手は固く結ばれていた。

＊＊＊

新しい職場で杏はパソコンを前に唸っている。

「ちょっとー、納期まであとわずかなんだけど？」

「あと少し！　あと少し直したいんです！　やっぱり違和感があって」

妥協したくない杏は、ため息交じりに何度目かの催促をする利奈に手を合わせて懇願する。

翔太と最後の朝を迎えた後、杏の家の玄関で翔太と最後のキスをし、翔太はドアの向こう側へと行ってしまった。それからしばらくして杏は利奈から転職することを打ち明けられた。できて間もない少人数の会社だが、利奈は営業手腕を買われスカウトされた。その橋渡しをしたのは川島だ。

それを機に離婚した利奈は、今はフリー。そしていまだに川島との関係は続いている。

杏は利奈に誘われてその会社の面接を受け合格し、念願の商品開発部に所属できた。人数も少ないので残業も多いが、やっとこの歳でやりたいことができている。

そんな今があるのは、利奈と川島の不倫関係や橋本夫妻の存在があってこそだと思うと、人生はわからない。

翔太との関係を終えた杏はさっぱり気持ちを切り替えられるわけもなく、しばらくはかなり傷心していた。そんな杏の気晴らしに利奈が付き合い、その延長線上で転職話が持ち上がった。

なにもかも一新したい気持ちだった杏にとっては渡りに船。もうそろそろ二十九歳も終わりが近いことに焦っていないと言えば嘘になるが、仕事が忙しいことが救いだった。


「そういえば橋本さん、会を正式に脱退したんですって」

ランチを利奈としていた杏は急に翔太の名を聞かされ、ドキリと心臓が音を立てる。

「川島さんから聞いた話だけど、橋本さん、杏と別れた後、会にはまったく出てこなくなったそうなの。それで仕事で会った後飲みに行ったらしいんだけど、杏との別れで懲りたから正式に脱退すると。あの橋本を凹ませるなんてすごい女性だねって言ってたわよ」

杏はまさかの話に驚いていた。それも会自体を脱退していたなんて。きっとまた新しく趣味の相手を見つけ、楽しんでいると思っていたのに。

「奥さんに怒られたんですよ、きっと」

杏は気持ちを隠しながらなに食わぬ顔で食事を再開し、利奈はわかっているように笑う。

「違うわ、杏が彼を変えたのよ。あんなすごい男性の心に傷をつけるなんて、女冥利に尽きるじゃない」

利奈はそう言って両手を組んで前に伸ばすと、あーあと声を出す。

「杏がどんどんひとりで進んで行っちゃう。今度は私が見習わなきゃね」

利奈はおどけたように笑う。杏もその気持ちが分かったように利奈へ穏やかな笑みを返した。

食後に来たアイスコーヒーを飲みながら、利奈が呟くように声を出す。

「私もそろそろ次のパートナー探ししなきゃ。婚活パーティー、一緒に行く？」

「異業種交流会じゃなければ付き合いますよ」

悪戯な顔をした杏に利奈が、意地悪ねと笑った。

杏の胸元に、もうダイヤモンドのネックレスはない。チョコレートのように甘い時間は終わった。だが、禁断の甘い味を忘れることはないだろう。

利奈と、これからも自分の足で進み続けるための計画を話す杏の表情には、晴れやかな笑みが浮かんでいた。

END

つけない嘘

鳴月齋

一．恋愛と結婚

《結婚なんかするなよ》

一年前、私の結婚が決まったと報告した後、電話の向こうで本気とも冗談ともつかないような調子で言った。

電話の相手は小出亮《こいでりょう》。

彼は私の勤める『五条《ごじょう》ワールドコーポレーション』、食品開発事業部営業二課の一歳下の後輩だ。

いかにもやんちゃそうないたずらっぽい目を光らせて、年上の私にも最初から甘え上手。ため口だし、手を焼きそうだったけれど仕事は完璧、気遣いも上等。運動神経抜群のマルチ野郎で、一八〇センチもある高身長と小さい顔に整った顔立ちで社内でもトップクラスのモテ男らしい。

モテ男っていうのは自分で言ってるもんだから、それが真実かどうかはやや怪しいけれど。

私は、崎山瑞希《さきやまみずき》、二十八歳。

営業二課の管理部門で庶務を担当している。

身長は一五五センチで、いつも亮には「おちびさん」と頭をポンポンされるが、特に気にしたことはない。目鼻立ちはこれといって特徴もなく至って平凡。唯一誇れるのはビューラーせずともクリンと上に巻いたまつ毛くらい。お陰でつぶらな奥二重の目が若干大きく見えるんじゃないかしら。

愛嬌のある笑顔とお酒がめっぽう強いだけでなんとか世間を渡っていけるものだ。

『いきなりなに？ 結構飲んでるでしょ』

午後十時、私は既にパジャマ姿でベッドに寝転がって電話に出ていた。

ひとり暮らしの亮はほぼ毎日、食事を摂るついでに飲んで帰るタイプ。私以上にお酒は強い。

私もよく誘われて、都合がつく時は一緒に飲みに行く。基本ふたりきりじゃなく、同僚や私の同期と一緒にだけどね。別段ふたりで行ったところで、飲み仲間という関係だったから特に問題はなかったけれど、なぜかふたりで行ったことはなかったっけ。

《俺のメール見なかっただろ》

電話の向こうで明らかにむくれた様子の亮が低めのトーンで言った。

『メール？』

《社内メールだよ》

『なにか送ってくれてた？』

《やっぱ見てないんだ。飲みの誘いだよ。返信待ってたのにさ、お陰でこんな時間だよ》

『あはは、ごめんごめん。今日は残業で疲れてたから、メールも確認せず帰っちゃった』

《ったく、おもしろくねーな……じゃ、おやすみ》

そう言っていつものようにあっさりと電話は切れた。

へー、ふたりで飲みに行きたかったのかな。めずらしい。なにか特別な話でもあったんだろうか。しかもいきなり『結婚なんかするなよ』なんて、本当にわけわかんない。

そんなことを思いながら、気が付くと睡魔に負けてコトンと寝てしまった。

それが、亮からもらった独身最後の電話。

その一カ月後、私は予定通り皆に祝福されて結婚した。

結婚相手は大学三年の時、バイト先の『キムラ書店』で出会った矢藤《やとう》健斗《けんと》、三十歳。

既にキムラ書店で正社員として働いていた彼は、バイトの指導係も担当していた。

私の話をいつも楽しそうに聞いてくれて、時々鋭いツッコミを入れてくれるのも心地よく、気が付いたらどんどん仲よくなっていった。

仕事で困っていたら、自分のこと以上に時間を割いて相談に乗ってくれる真摯な彼の姿に惹かれていき、私が大学を卒業する直前、自然と付き合うことになったんだよね。

健斗はとてもシャイで無口な人。時々なにも言わず私を抱きしめてくるその胸の温かさに彼の愛を感じられた。

仕事に関してはなにがなんでも上にのし上がっていきたいというタイプではないけれど、勤勉な彼は周りから認められ、結婚して半年が経った頃、課長に昇格。

そんな彼も今ではいわゆる空気みたいな存在だ。

いてもいなくても気にならないけどいないと困る、みたいな。


「また飲むの?」

晩酌用に冷蔵庫から缶ビールを取り出した私に健斗が言った。

「いけない?」

私は眉間に皺を寄せて尋ねる。

「だって毎日だよ」

「ビールなんてお茶と同じだわ。健斗も一緒にどう？」

「いらない」

そう言うと、リビングのソファーに座ってテレビを点けた。

健斗はお酒があまり得意じゃないからか、私が毎日飲むことが理解できないらしい。

彼の隣に腰を下ろし、小気味いい音を立てて缶ビールを開け喉元に流し込む。

テレビはつまらないニュース番組が流れているけれど、夕食後の九時から十時という時間帯は彼のテレビタイムといつの間にか決まっていた。

「そうそう、今朝おもしろいことがあったの。いつも仏頂面のうちの部長がね、到着したエレベーターに慌てて乗ろうとしたら、思い切り前につんのめって転んだあげく扉も無残に閉まっちゃってさ、その時の部長のバツの悪そうな表情ったら。笑いをこらえるのに必死だったわ」

その光景を思い出しながらまたひとりで吹き出すも、健斗の反応はない。

「聞いてる？」

せめて返事くらいしなさいよと軽く彼を睨む。

「ああ……」

テレビに視線を向けたまま気のない返事が返ってきた。
「健斗はなにか話はないの?」
毎度のことながら期待せずに尋ねてみる。
「別にないかな……ごめん。今日は仕事が忙しくて疲れてるから先に寝るよ」
面倒くさそうな表情でそう言った彼はテレビを消し、まるで私から逃げるように
さっさと寝室に入っていった。
最近はいつもこうだ。結婚二年目だというのに、もっと夫婦の時間を楽しもうとは
思わないのだろうか。
出会った頃は、不器用ながらも愛情表現をしてくれていたけれど、課長になってか
らは特に忙しいのか、スキンシップだけでなく会話すらほぼなくなっていた。そろそ
ろ子どものこともふたりで真剣に考えたいのに、そんな話もできない。
『結婚なんて誰としたってそんなもんよ』
大学卒業と同時に結婚した、同級生の桃井《ももい》百合《ゆり》がこの前会った時そんなことを言っ
ていたっけ。小さくため息をついて、再びビールに口をつけた。
百合とは大学時代に入ったサークルで出会った。

私と違って当時から大人びていて、服装はいつも皆が羨むほどおしゃれで髪も艶々。持ち前のセンスのよさで最大限に自分の魅力を引き出している。

メイクもうまく、まだ慣れない私のメイクを見て、『これじゃダメよ』と言って手取り足取り教えてくれた。いまだに百合のように上手にはなれない。

健斗と出会うまで誰とも付き合ったことがなかった私とは違い、百合は大学に入るまでに既に八人と付き合ったことがあり、大学時代もしょっちゅう彼氏と別れた、また付き合ったという話を聞いていた。

ある意味私とは対照的な人物で、お互い自分にないものを持っている相手にこよなく敬意を払っている。今でもなにかあれば一番に飛んできてくれる頼りになる親友だ。

今夜は、そんな彼女と学生時代から行きつけの居酒屋の前で待ち合わせをしていた。

「瑞希、久しぶりねぇ」

「久しぶりって、つい二週間前にもランチに行ったじゃない」

「そうだっけ？　ごめんごめん、最近出歩いてるから誰といつ会ったとか覚えていられなくてさ」

そう言って朗らかに笑う百合は、相変わらずおしゃれでブランドのバッグを肩にかけ、品のいいグレーのワンピースに大ぶりのイヤリングで決めている。長めの髪は緩いウェーブをきかせて女っぽく肩の上で揺れていた。

一方私は、化粧も下地にリップだけで、モノトーンチェックのブラウスにデニムという少年のようなスタイル。ショートボブの自分の髪をかき上げながら、せめてシルバーのイヤリングくらいしてくればよかったと後悔する。

それはそうと、百合は最近一段と女っぽいんだよね。

結婚五年目にして、こうして綺麗でいられるなんてすごいと思う。

私なんてたった一年で、家ではスウェット上下だし、ふたりで出かける時もノーメイクのことだってあるというのに。そりゃ、夫婦の時間は減るわけだ。

妙に納得しながら、向かいに座った彼女の白くて綺麗な手にピンクベージュのマニキュアがよく似合っていると眺めていた。

運ばれてきたビールで乾杯し、ふたりで一気に三分の二ほどを空ける。

私に負けず劣らずお酒の強い彼女は、「くー、たまらない」と声を絞り出し満足げな表情でグラスをテーブルに置いた。

「で、その後健斗さんとはどう？　いつもさっさとひとりで寝ちゃうって言ってたけれど」

「相変わらずひとり晩酌の日々だよ」

「瑞希、あなたって本当にサイコー」

彼女はテーブルに突っ伏して笑う。

「笑い事じゃないってば。付き合っていた頃、何時間あっても足りないくらい会話を楽しんでいたのが信じられないくらい、今では家の中がシーンとしてるの。それに、私のことをもう女性として見てないいんじゃないかな。時々情けない気持ちになるんだ。もう少し、なんていうか……」

「女性として求められたい？」

はっきり言葉にして言われると、自分がとんでもなく恥ずかしいことを口にしたみたいで、思わず両手で包んだグラスに視線を落とした。

「このままでいいのかな？」

「いいんじゃない？　別になにも困らない。前にも言ったけれど誰と結婚したって最終的にはそんなものよ」

「そう？」

「結婚と恋愛は別物なんだって。恋愛の延長に結婚はあるけれど、その意味合いも関係性もまったく似て非なるもの」

「そうは言うけどさ……」

なんとなく納得できない私は、突き出しの酢レンコンをかじりながら頬杖をついた。

そんな私を見て、百合がプッと吹き出す。

「ほんと、瑞希はいくつになっても子どもみたいでかわいい」

「なに言ってんだか」

半分あきれ顔で私も笑う。

「きっと健斗さんもそんな瑞希がかわいくてしょうがないはずよ」

「そんなの絶対ないって。放ったらかしなんだってば」

「だから言ってるじゃない、恋愛のそれと結婚のそれはまったく違うって」

「私にはわからないな」

ビールを飲み干すと、これまでの積もり積もった健斗への不満を吐き出すかのように長いため息をついた。

「恋愛は求め合うものだけど、結婚は求めないの。っていうか求めちゃいけないんだわ。どっちかが求めるとうまくいかなくなるもの」

そう言われると、なんとなくわかるような気もする。

「もし、旦那さんと仲よくしたいなら」

百合がそう言いかけた時、彼女のスマホが震えた。

スマホを確認した彼女は「ちょっとごめん」と言って電話に出る。

もし、健斗と仲よくしたいなら……って、なんだか意味深な終わり方。

一週間お預けされた、先が気になるドラマのようだ。早く続きが知りたくてうずうずする。

それにしても、電話に出ている百合の表情はとても明るい。

くすくす笑いながら口元に人差し指を当て、前髪を色っぽくかき上げると「うん、わかった。もう、ばっかねー。はいはい、また連絡する」と言って電話を切った。

なんとなく相手は女性じゃないような。

彼女の旦那さん？　それにしてもあんな女っぽいしゃべり方するなんて、いまだにラブラブなのだろうか。百合から旦那さんの話なんてほとんど聞かないけれど。

「ごめん」

百合は顔をしかめて私に詫びると、さっきの電話にご満悦の様子でグラスを口につける。

誰？と尋ねようとしたら、百合が先に口を開いた。

「今の電話、学生の時に付き合ってた元彼なの。一年前ばったり遭遇して、最近はいい関係なんだ」

元彼といい関係……って？

思わず、その言葉を理解するために自分の小さな目を最大限に見開いて百合を見つめた。

「まさか、百合って離婚してないよね？」

「してないわよ」

彼女はそう言っておかしそうに笑った。

「でも……」

「うん、そう。変だよね、旦那がいるのに元彼といい関係だなんて」

「ってことは、やっぱり、あの……いわゆる不倫……ってやつだよね」

思い切って口にしたその言葉は、妙に艶《なま》めかしくリアルに私たちの間に響いた。

そして、その言葉を不用意に使ってしまった自分がとても浅はかな気がしてすぐに謝る。

「ふふ、謝ることなんかないよ。だって本当のことだもん。だけど、強いて言わせてもらうなら、私は不倫って言葉は好きじゃないの。婚外恋愛っていう表現を使わせてもらうわね」

正面に座る百合をあらためて見ると、匂い立つような美しさで、まるで、恋愛に夢中になっていた学生の頃みたいに特別なオーラを放っている。いや、それ以上かもしれない。

そして、そんな彼女は婚外恋愛をしていることに微塵も悪びれた様子はなかった。

「そうそう、さっき言いかけた話だけど、もし、瑞希が結婚後も健斗さんといい関係を築きたいなら」

百合から目を離さずに、ごくりと唾を呑み込む。

「誰かと恋愛をすればいいと思う。私みたいに」

「それは、婚外恋愛ってこと？」

「そうだよ。そうすれば、心身ともに満たされて、旦那に対しての要求もなくなる。結果として夫婦の関係性もよくなるってこと」

私の戸惑いに気付いたのか、百合は私の顔を覗き込み尋ねた。

「瑞希、ひょっとしてさっきから私に引いてる？」

彼女の本心もそうなるに至った経緯も私にはわからない。

ただ、婚外恋愛なんて想像したこともなかったから、気持ちが複雑にぶつかり合って自分でもどういう表情をすればいいのかわからずにいただけ。

「……いや、引いてるわけじゃないよ。まぁ人生いろいろだし、一概に否定する気はないけど、さすがに私は結婚二年目でそんなこと思いもしなかったから」

狼狽《うろた》えつつも、なんとか言葉を絞り出す。きっと百合も悪気があってそんな提案をしたんじゃないとわかっていたから。

「確かに、まだ二年目だもんね。でも、もう既に健斗さんにいろんな不満ありそうだったし」

「まぁ、そうだけど」

「もちろん、解決できる糸口があるならまずはそこからだよ。軽はずみなこと言っちゃってごめん。さっきの私が言ったことは綺麗さっぱり忘れて」

忘れてと言われても。

軽く息を吐き、運ばれてきたタケノコの天ぷらを噛みしめた。

「百合は旦那さんとはうまくいってなかったからその……元彼とそういう関係になったの？」

小さな声で尋ねる。

確か百合の旦那さんは、七歳年上で大手ゼネコンの営業部長だったはず。

噂を聞くにつけ、仕事もできるし、結婚式で見た限りはルックスもハイレベルの部類だった。

「うまくいってなかったわけじゃないけど、お互い仕事が忙しくて時間のずれが生じてきてね。私だって本当はもっといろんなことを話し合って、納得してふたりで将来を見据えて歩いていきたかったわ。でも、私が時間を作って話そうとすればするほど彼が離れていくような気がして、ある時からあきらめた」

そう言った百合の目元が少し寂しげに見えた。

「でも、すごく優しいのよ。時間が少しでもできた時は美味しいものを食べに連れていってくれたり、旅行にも行ったり、プレゼントだって欠かさず買ってきてくれる。もともと仲が悪いわけじゃないから……私さえ彼にいろいろ求めなければね」

百合は明るく微笑むと、まるで自分に言い聞かせるように何度も頷きながら続ける。

「元彼のお陰かな。旦那との関係が良好なのも」

百合の本音はわからないけれど、元彼との間で彼女自身のバランスを取っているのかもしれない。旦那さんのために？

「元彼は、そんな百合のことを理解して付き合ってくれてるの？」

「っていうか、元彼も既婚者だから、今の関係をキープしたいっていう気持ちも同じ。そういう意味ではお互いに理解して付き合ってるって感じかな。また独身同士の恋人とも違う形だわ」

元彼も既婚者?

たとえ愛し合ったたって、相手のパートナーにいつも見られてるような気がして落ち着かないのではないか……。

それでも、そういう関係が続くっていうのは、どういう深層心理が働いてるんだろう。

「やっぱり私にはわからない。でも百合も旦那さんも穏やかに過ごせてるならそれはそれでいいのかもね」

私は結論をはぐらかすような気持ちでそんな風に言った。

「過去に自分を大事に思ってくれてた人と再会したら、たとえそれがダメだってわかってたとしても、つい寄りかかってしまいたくなるものよ。瑞希ももしそんな状況になったら私の気持ちがわかるわ」

私がその話から一歩引いたことに気付いたのか、彼女はそう言って話を終わらせた。

愛し合って、この人と!と思って結婚したはずなのに、夫以外に寄りかかりたい相手が目の前に現れるなんて私には考えられない。

その前に、百合の元彼みたいに私のことを過去大事に思ってくれてた人は思い当たらないし。たとえ現れたって、健斗と結婚していることは紛れもない事実で、それ以外の誰かと恋をするなんて。

心の中で首をブンブン横に振った。

終電近くになったので、モヤモヤとした気持ちを引きずったまま居酒屋を出て百合と別れる。

百合が言ってたように、そのうち彼との関係を改善する糸口が見つかるのかな。

ふと浮かない表情でソファーに座るいつもの健斗の姿が浮かぶ。顔を上げると、妙に疲れた目をした自分が電車の窓に映っていた。

二．嘘

「今日、飲みに行かない？」

百合と飲んだ翌朝、エレベーターの中でばったり遭遇した亮は私の横に並ぶと、前を向いたたままそう言った。

そういえば、最近亮を見かけなかったな。出張続きだったのだろうか。

「いいね。じゃ、陽子《ようこ》にも声かけとくわ」

「……あ」

なにか言いたそうに口を開いた彼を見上げた時、ちょうどエレベーターが目的階に到着した。亮がお先にどうぞとジェスチャーをするので、遠慮なく先に降りる。

彼も私の後に続いて降りてきたけれど、オフィスに向かう廊下でもなにも言わないので「じゃ、また連絡する」とだけ言って自分の席に着いた。

結婚後も時々亮を含めた同僚たちと飲みに行くことがあり、くだらない話で盛り上がる。

回数は減ったものの、今でも変わらない飲み仲間と独身時代から続くとりとめのない会話が、結婚生活に若干疲れた自分の癒しになっていることは間違いない。

席に着くや否や、早速同期の村島《むらしま》陽子にメッセージを送る。

【せっかくのお誘いごめーん！　今日は彼と久々にデートだわ】

即陽子からの返信。独身の陽子は最近、高校の同窓会で今の彼と再会。北海道《ほっかいどう》に赴任している彼とは遠距離恋愛中だった。

【そりゃ仕方ないよね。久々のデート楽しんできて。だけど、陽子が無理なら誰誘おう？】

【亮とふたりで行ってくればいいじゃない】

【ふたりきりはやっぱねぇ。一応私も人妻だし】

冗談めかして返信すると、またすぐに陽子から送られてきた。

【ただの飲み仲間のひとりじゃん。不倫してるわけじゃないし、気にしなくていいでしょ？　たまには旦那以外の男とのデート楽しんできちゃいな】

はは……まぁね。不倫、か。

確かにやましい関係じゃないから、ふたりで行ったってかまわないよね。もしふたりきりが不都合なら、亮が誰かを誘うだろう。

給湯室にお茶を淹れに行くと、たまたまやってきた亮に陽子が行けないことを伝える。

「ふぅん。瑞希さんが迷惑じゃなきゃ俺は全然かまわないけど」

「じゃ、今日はふたりで行く？」

「正直、その方が都合がいいかな」

「都合がいいってなによ。変なこと企んでる？」

亮はニヤッと笑うと挑発するようにかがんで私に顔を近付ける。

「瑞希さんとふたりきりなら簡単に落とせそうだなと思って。試してみる？」

「人妻捕まえてなに言ってんだか。んじゃ、また後で」

私は淹れたてのコーヒーをひと口含むと、亮の胸を押しやり給湯室を後にした。

いつも冗談ばっかり。独身であろうとなかろうと言ってくることはまったく変わらないんだから。ちょっとは人妻の私に気を遣えっての。

まぁ、そんな関係だからきっと今まで飲み仲間として続いてきたんだろうけどね。

でも、亮とふたりきりで飲みに行くのは初めてだ。若干、調子が狂うかもしれない。

せっかくだから亮の恋愛話でも突っ込んで聞いてみようか。

それがいい。楽しみになってきた。

デスクに戻ると、横に座っている後輩の東条奈美恵《とうじょうなみえ》が「やけに楽しそうですね」

と笑顔を向ける。

「そう？　やだ、私にやけてた？」

「めっちゃにやけてました。仕事帰り、旦那様とデートですか？」

関西出身の彼女のイントネーションが私を調子に乗らせた。

「そんなんちゃいますわー」

あえて関西弁風に返してみる。

「全然、関西弁じゃありませんから！　似非《えせ》関西弁聞くとイライラするからやめてください」

奈美恵は頬をぷーっと膨らまし、またすぐに両手で口を覆って笑った。

彼女は入社三年目の二十四歳。明るい性格と真面目な仕事ぶりが皆に買われている。

私が産休に入った時の後任として半年前に異動してきたのだろうけれど、いまだに私にその気配すらないってことを奈美恵はどう思っているのか。

「ところで瑞希さん、ご相談があるんですけど」

奈美恵は私の耳元で囁く。

「なに？」

「ここじゃちょっとまずいんで、お昼一緒にどうですか？」

「オッケー。じゃ、お昼に」

ちょうどお弁当持ってきてなかったんだよね。

たまに奈美恵とは一緒にお昼を食べることがあったけれど、奈美恵からのお誘いで行くのは初めてかもしれない。今日はやけにお誘いが多い日だけど、嬉しい限りだ。


お昼の時間が来て、奈美恵お勧めのカフェに向かう。

「ここの卵サンドを食べると最高に幸せな気持ちになるんです」

彼女は絶対頼んでと言わんばかりにくりくりとした目で私を見つめてくる。

明るい栗色の肩までのストレートヘアで、どんぐりのような目をした彼女は性格だけでなく顔もかわいい。彼氏もいるとかいないとか、噂には時々聞いていたけれど直接聞いたことはない。

私たちが頼んだ卵サンドがようやく目の前に運ばれてきた。ふわふわと柔らかい食パンの間にあふれんばかりの卵が挟まれて揺れている。奈美恵はそっと卵サンドを掴むと笑顔で頬張った。

「本当に嬉しそうに食べるね」

そんな彼女を見ながら私も卵サンドをひと口、はむっと噛む。

「だって美味しいんですもん」

「うん、間違いない味だわ」

もちろん美味しいんだけど、奈美恵の相談の内容が気になってしょうがない。付け合わせのサラダをつまみながら、待ちきれない私は彼女の相談がなんなのか尋ねた。奈美恵は頷きながら片手で口を塞ぎ、まだ口に入っているサンドイッチを急いでゴクンと飲み込む。

そして、テーブルを挟んだ私の方に前のめりになって近付くと声を潜めて言った。

「実は先週、小出さんと……そういう関係になっちゃいました」

「……亮と⁉」

思わず目を丸くして大きな声を出した私に、奈美恵は慌てて「シー」と人差し指で口を押さえた。

「え？　って、そういう関係って？　付き合うことになったってこと？」

なぜか急に鼓動が激しくなる。飲み仲間のひとりのそういう話題だからだろうけど。

「いえ、付き合うっていうか、私彼氏いるので。一緒に飲みに行った帰り、なんていうかそんな雰囲気になっちゃって……いわゆる男女の関係になったというか」

奈美恵が、なぜだか勝ち誇ったような表情を見せた。誰に勝ったというのだろう。

どうしてわざわざ私にこんな話をするのか見当もつかない。

彼女は、実はとんでもない小悪魔女子だったのかしら？

百合の婚外恋愛の話の方がずっと清潔で純粋なことのようにさえ感じた。

冷静に先輩らしく話を聞くべきなのに、ドキドキと同時にどうしようもなくイライラしている自分に戸惑う。

とりあえず落ち着きを取り戻すために水をひと口飲み、深呼吸した後、尋ねた。

「で、どういう相談？」

「ええ、同じ職場でそういう関係になっちゃったから、ちょっと仕事がやりにくくなっちゃって。そういうこと、瑞希さんは今まで経験ありますか？」

彼女の言葉がいちいち鼻につく。奈美恵とは違い明らかに見た目も性格も女子力の低い私に、そんな経験がないとわかっていながら上から目線で聞かれているような。

そんな風にひねくれた受け止め方をしてしまうのは、半分身内のような亮が彼女の相手だからなのか。

「私は経験ないけど、仕事と男関係は割り切って考えないとダメだと思う」

「確かにそうなんですけど、小出さんって仕事もできるし見た目もカッコいいし、すれ違うたびにドキドキしちゃって。好きになりそうなんですよね」

眉をひそめ軽く息を吐く。

「奈美恵は彼氏いるんでしょう？」

「いますけど、喧嘩ばかりだし、これを機に別れてもいいかなぁなんて思ったり。いっそのこと小出さんと付き合う方が逆に割りきれてよくありません？」

「そう、かな……」

亮はどう思ってるんだろう。奈美恵のこと好きなのかな。でも、好きでもない子とそんな関係にはならないか。

それにしても、ここまでの話を聞くにつけ、彼女と亮はピンとこないというか。私がどうこう言う話じゃないのはわかってるのに、さっきからずっと動揺しっぱなしだ。

「前から思ってましたが、瑞希さんって小出さんと仲いいですよね。さっきも給湯室で楽しそうに話してたでしょう？」

見られてたんだ。すると、突然怖いくらいに無表情になった奈美恵が切り出した。

「今まで本当にそれ以上の関係になったことはないんですか？　もちろん、瑞希さんが結婚する前の話ですけど」

「あるわけないじゃない」

はっきりとした声で即答する。

彼とはただの先輩後輩で飲み仲間だ。それ以上の関係なんて考えたこともないし、きっと亮だって同じはず。

奈美恵は瞬きひとつせずに私を見つめ返す。

「相談の本題に入りますが、小出さんと私が付き合うことになってもいいですか？」

「別にいいんじゃない？　ふたりで決めることだし、私がとやかく言える立場じゃない」

その途端、彼女はいつもの人懐こい笑顔に戻って言った。

「もし付き合うことになったら、職場内恋愛になるのでいろいろとややこしいこともあると思って。その時は瑞希さん、助けてくださいね」

誰が助けるもんかと心の中で叫びながら、作り笑顔で頷く。

それにしても、奈美恵ってこんなに侮れない人だったんだ。ただただ彼女の肉食っぷりに驚かされる。おそらく相談したいなんて口実で、私を牽制したかっただけだろう。

もう亮には近付くなって。私は既婚者だというのに、まったく不愉快だ。

いずれにせよ、もし奈美恵と亮が付き合うことになれば、ふたりで飲みに行くのは今日が最初で最後かもしれない。

「亮はぶっきらぼうだけどいい奴だから」

彼女の目を真っ直ぐ見ながらそう言うと、テーブルに丸めて置かれた伝票を手に取り立ち上がった。

「そろそろ時間だし行こうか。今日は奈美恵の分も払わせて」

私の皿にはまだ卵サンドがひとつ残ったままだった。


午後からの仕事に差し支えるくらい、奈美恵の話が尾を引いている。

独身ふたりの恋愛事情なんて好きにやってくれたらいいものを、どうして私が変に牽制されなきゃならないの？　まさか今日、亮とふたりで飲みに行く情報が彼女の耳に入ったとか？

モヤモヤしていると、私のＬＩＮＥがメッセージを受信した。

なんてタイミング。亮からだ。

【午後七時、ウェルネス・イーストホテルのエグゼクティブ・カフェバー予約した】

シンプルな文章だったけれど、ホテルも最高級だし、このカフェバーも最高峰。

どういった風の吹き回し？

【うわー、最高じゃん。お財布の中身大丈夫かな】

いつも割り勘にする私たちだから、あまりに高級な場所だと気おくれする。

【大丈夫。今日は俺が誘ったからご馳走する】

【へー、太っ腹だね。そりゃモテるわけだ】

【なんだよそれ？】

奈美恵の存在が頭をよぎり、余計なことを書いてしまった。

【今日は楽しみにしてる！　また後程～】

慌てて、メッセージのやり取りを切り上げる。

奈美恵のこと、本当なら気を付けなよって亮に言いたいところだけど、おせっかいだよね。言いたい気持ちに蓋をしなくちゃ。

ともかく、亮からのＬＩＮＥで一気にグッドテンションに切り替わった。最高級づくしなんて久しぶり。それでもって、なんて単純思考な私！

その後はすっかり仕事も捗《はかど》り、時間が来るとさっさと職場を後にして待ち合わせ場所に向かった。

ふたりきりの時の亮はどんな感じなんだろうと少しわくわくしながら。

亮とはホテルのロビーで待ち合わせをしていた。

こんな場所で亮とふたりでいるところを誰かに見られたら、誤解されるかもしれない。彼が来たらさっさとバーへ上がってしまおう。

ロビーのソファーで落ち着きなく待っていたら、すぐに亮がホテルの入り口に現れた。こちらに向かってゆったりと歩いてくる彼は、いつも皆で飲みに行く時とは別人みたいに見える。

仕立てのいい濃いグレーのスーツは長身で体格のいい彼に綺麗にフィットしていて、前髪がわずかにかかる目はアーモンド型で聡明さを湛《たた》えていた。整った顔立ちとスタイルのよさはモデルさながらだ。

まじまじと見たことがなかったから、こんなにカッコよかったっけといささか驚く。

「ごめん、待った?」

「ううん。今来たところ」

ふたりきりだといつもの調子が出ないのは亮も同じなのだろうか。なんだかぎこちない空気が私たちの間に流れている。

まるで、初めてのデートみたいな緊張感。何度も皆と一緒に飲みに行ってるのに。

乗った広くてラグジュアリーな雰囲気のエレベーターは貸し切り。扉の対面は全面透明なガラスで、エレベーターが上がるにつれて、都会の夜景が眼下に広がっていく。

「綺麗」

ガラスに張りつくように夜景を見つめた。

「年甲斐もなく張りつきすぎだって」

亮は苦笑しながら私の頭を小突く。いつもの彼の減らず口が今は心地いい。

あっという間に最上階の三十一階に到着した。

もっと乗っていたかったと思いながらエレベーターを降りると、そこはもうバーの中。薄暗い店内からは、エレベーター以上の夜景が見渡せるようになっていた。

すぐそばに来たウェイターに亮が自分の名前を告げると、奥の方へ案内される。

そこは個室で、ゆったりとしたふたり掛けのソファーとテーブルの向こうに広がる夜景は完全に独り占めだ。

「亮、すごいじゃない。こんなところ初めて。よく使うの？」

「喜んでもらえてなにより。仕事で一度使ったっきりだけどね」

「なんだ。彼女さんとでも来てるのかと思った」

少しいたずらっぽく笑いながら彼に顔を向ける。

「そんな相手いないし、こんな高級なバーの個室なんて、俺だってプライベートじゃ初めてだよ」

亮は私からすっと目を逸らすと照れ隠しのように前髪をかき上げた。

そうなんだ。なんだかそれって、嬉しいよね。

「今日はありがとう」

素直に亮に伝えると「別に」と言って彼はソファーに腰を下ろした。

こんな素敵な場所でと思ったけれど、やっぱり私たちは最初は生ビールでなくちゃ。

生ビールが運ばれてくると、ふたりで乾杯する。目の前に広がる夜景を見ながら飲むビールは格別に贅沢だった。

その後は、お酒に合う豪華なオードブルや、刺身、パスタをつまみながら楽しい時間が過ぎていく。

バーに入ってから一時間ほど経っただろうか。そんなに飲んでなかったのに、このラグジュアリーな雰囲気に気分は最高潮だった。

「急に飲みに誘ってくるなんて、なにかあった？」

ほろ酔いの私はクスクス笑いながら彼に尋ねる。

「なにかないと誘っちゃいけない？」

「そんなことはないけどさ」

「実は、今日は瑞希さんに折り入って伝えたい話があった」

「じゃ、陽子はいなくてオッケーだったんだ」

「ああ、むしろね」

なにを話してても楽しくて、あえて突き放したような言い方に思わず笑ってしまう。

ふいに亮が言った。

「そういえば、今日昼に東条と食べに行ってたみたいだけど」

あ、きたきた。やっぱり奈美恵のこと？

「うん。行ったけど？」

「あいつ、瑞希さんに余計なこと言ってなかった？」

「余計なこと？」

「俺と、なんていうか……いい関係だとか、付き合うかもしれないとか、そういうこと」

亮は不機嫌な様子で飲み干したグラスをテーブルに置いた。

「まぁ、そんなこと言ってたかな」

「やっぱりか」

そう言うと亮は大きく息を吐き、額に手をやった。

「実は彼女には困っているんだよね。一カ月前、東条から誘われて食事に行ったんだ。

ほんとに食事だけだぜ？　なのに、俺との関係についてあることないこと周りに言いまくってるらしいんだ」

あー、例の話か。あの話はすべてでっちあげだったのね。どうりでしっくりこなかったわけだ。

「そういえば言ってたような気がする」

私も適当にはぐらかしながらも、亮が彼女のことをきちんと理解していたことに安堵した。

「それ以降、東条から付き合ってほしいって毎日のようにＬＩＮＥ攻撃。今好きな人がいるから無理だって断ったんだけど、俺の好きな人が社内なのか、どういう相手なのかとかしつこく詮索《せんさく》してくるんだ。あんな奴だと知ってたら絶対食事には行かなかったよ」

うんうん。確かに。私も今日、彼女の言動にびっくりしたもん。

「好きな人がいるなら、その人とさっさと付き合っちゃえばいいのに」

私はそう言うとひじで彼の腕を小突き、ワイングラスを傾けた。

「そう簡単に付き合える相手じゃないから」

亮は私からすっと目を逸らしワインを飲む。

「またまたぁ、照れちゃって！」

この赤ワインも極上で美味しい。亮を冷やかしながらもさらに口に運んでしまう。

「……俺さ」

「ん？」

顔を向けると、テーブルに置いたグラスをジッと見つめたまま、なにかを思い詰めたような亮の横顔があった。私もグラスをテーブルに置き、彼の方に体を向ける。

「来月、ロンドンへの赴任が決まった」

彼はそう言うと私の方に視線だけ向けた。

やっぱり……なんとなくそろそろそんな話が出るんじゃないかとは思っていたけれど。

「そっか。よかったじゃん。だってずっと海外赴任希望だったでしょ」

「ああ、まぁね。でも、いざ決まったら決まったでいろいろ先のこと考えちゃって、不安もある」

「なにを不安に思うのよ。向こうの生活を楽しんでくればいいだけ。長くて五年くらいなんだし」

「五年か。長いよな」

「亮らしくもない。五年なんてあっという間よ」

「五年後、瑞希さんはまだ職場にいるかな」

そこ？　でも、どうだろう。このまま健斗との変わり映えのしない生活だったら働き続けているかもしれないし、万が一子どもができたら産休や育休中だったり、辞めていたりするかもしれない。

「私がいなくなったら寂しい？」

いつものようにふざけた調子で隣に座る亮に顔を向けた途端、私は彼の腕の中に抱き竦《すく》められていた。彼の熱い鼓動が大きく私の頬に響いている。

「ちょっと、どうしたの？」

予想外の状況になんとか平静を保って、それを言うのがやっとだった。

少し怖いような、胸がきゅーっと切なくなるような、久しぶりに味わう感覚。

亮の鼓動以上に自分の鼓動が激しくなっていくのがわかる。

「……どうして結婚なんかしちまったんだよ」

私の耳元で彼の絞り出すような声がした。

一年前、彼からかかってきた電話がフラッシュバックする。

『結婚なんかするなよ』

亮は確かそんなことを言ってた。まさか……まさかだよね？

これも、亮の調子のいいおふざけ。

「ふざけるのもいい加減にして」

「ふざけてない」

亮はゆっくりと腕に力を込める。

「最後だから……もう少しだけ」

こんな風に誰かに強く抱きしめられるなんていつ以来だろう。最近まったくと言っていいほど、健斗と触れ合うことはなかったから。

健斗よりもずっと大きくて逞しくて引き締まった体。

亮はどんなキスをするんだろう。そしてどんな風に愛すのだろう。

初めて亮のことを男として意識する。

そして久しぶりに自分が女だということも……。

「瑞希さんは結婚して今幸せ？」

幸せ？

亮に抱きしめられた瞬間、不謹慎にも健斗の存在が私から消えていた。

『婚外恋愛すれば心身ともに満たされて、旦那に対しての要求もなくなる』

昨晩、理解できなかったはずの百合の言葉が、目の前にいる亮と重なって自分の中にストンと落ちてきた。開けてはいけないパンドラの箱が開こうとしている。女として愛されたいという気持ちが愛してくれる人に向けられていく。もちろんそんなこと許されるはずもないのに。複雑な気持ちのまま小さな声で答えた。

「幸せ……だよ」

幸せ、だよね？

「……完敗だな」

その途端、私を抱きしめる彼の腕が緩んでいく。今までそこにあった温かいものが私から少しずつ離れていくように。

亮は優しい表情で微笑むと私の目をしっかりと見つめて言った。

「ずっと好きだった」

彼の潤んだ瞳を見つめ返しながら自分の鼓動が再び激しくなっていく。

「俺が営業二課に配属された時から、瑞希さんには本当に世話になったよな。どんなに仕事がつらくても瑞希さんの笑顔を見たら一瞬で忘れることができた。今更だけど感謝してる」

亮ははにかみながら前髪をかき上げた。

「この関係が壊れるのが怖くてずっと自分の気持ちを伝えられなかった。しっかり瑞希さんに振られて、これで俺も思い残すことなくロンドンに行けるよ」

思わず彼の腕をギュッと掴んだ。

「二度と会えないみたいな言い方しないでよ。寂しいじゃんか」

胸の奥にあったものが込み上げて涙になる。

自分でもどうしてこんなに泣いてるのかわからない。

もし目の前にいる人物が亮じゃなくても、同じ気持ちになるだろうか?

「泣くなよ」

「どうしてか泣けてくるの。全部亮のせいだわ」

混乱した思いが、制御不能になって口をついて出る。

「……ごめん」

そう小さく呟いた彼の顔が近付き、唇が触れた。

それは、ほんの一瞬の出来事で、触れるか触れないかのような淡いキス。

「なにやってんだ、俺」

亮は私から顔を背け、ソファーにもたれた。

彼の顎から頬へのラインを見つめながら胸が苦しいほどに高鳴る。

健斗以外の男性とのキス。でも、少しも嫌じゃなかった自分自身と葛藤していた。数時間前までは思いもしなかったことが起こっていて、自分の気持ちが慌ただしく変化していく。彼からの告白が、私たちの距離を一気に縮めていた。

結婚している私が、こんなにたやすく旦那以外の男性に揺れ動くなんて。

亮が営業二課に配属されてからの日々が走馬灯のように駆けめぐる。

その思い出には亮と私の笑顔しかない。

でも、たった一度だけ彼が険しい表情を見せたことがあった。私が結婚すると伝えた日。

まさか、彼が私のことを好きだったなんて思いもしなかったから。

健斗に愛されているかどうかはっきりわからない今、亮の告白は自分の奥に眠っていたなにかを呼び覚ましてしまった。

『ダメだってわかっていたとしても、つい寄りかかってしまいたくなるものよ』

百合の声が私の頭の奥で聞こえる。

「亮」

「ん？」

ようやくこちらに顔を向けた亮の目はとても悲しい色をしていた。

きっと私にキスしたことを後悔してる。

「ロンドンに行った後も時々、連絡してもいい？」

彼は自嘲気味に笑いながら答える。

「結婚してるってわかっててキスまでしちまうような相手だぞ？　もう完全に切った方がいいんじゃない？」

「メールくらい問題ないでしょう？」

「ひょっとして、俺に気を遣ってそんなこと言ってくれてる？」

「違う。大切な仲間だからだよ」

「仲間、ね」

亮はこめかみに人差し指を当てたまま俯くと、視線だけ私に向けて続けた。

「結構残酷なこと言ってるって自覚ある？」

「もちろん」

「ほんっと、瑞希さんって……」

「その続きはなに？」

「ノー天気っていうか」

「バカって言いたい？」

「そこまでは言わない」

そう言うと、亮はようやくいつもの笑顔を見せた。私もそんな彼を見て笑う。

そうだ、この笑顔がずっと見たかったんだ。ピンポンボールみたいにポンポン交わした会話の後のこの笑顔。

今、亮に対して仲間以上の気持ちが私の中に芽生えていた。

どういう形でもいいから亮と繋がっていたい。

それは、初めて気付いた誰にも言えない気持ちだった。

三．誤解

それからの亮は海外赴任の準備で毎日慌ただしそうだった。

いろんな手続きや語学の勉強。今までの仕事はすべて後輩に引き継ぎ、ほとんど席を空けている状況。そんな彼の姿を見ていると、もうすぐ会えなくなるという寂しさもあるが、頼もしくもあった。

時々、席に戻ってきた亮にくだらない冗談ＬＩＮＥを送ってみる。

返信こそないけれど、メッセージを確認したらすぐにこっちを振り返り、口パクで「なにやってんだ」とか言いながら苦笑する。

少し困った顔で笑う亮を見たくて、ついつい何度もやってしまう。

大人げない先輩だと思いながら、たったそれだけのことで心が満たされた。

自分の気持ちがどんどん亮に惹かれていくのを感じる。

誰かを好きになる時は、毎日倍々で膨らんでいくものなのだと久しぶりに思い出した。

よほど愛に飢えていたのかもしれない。

健斗とは相変わらずで、私が話しかけなければほとんど会話はない。昔盛り上がった映画の話を振ってみても健斗はどこか上の空でぎこちなかった。付き合っていた時の私たちはもうどこにもいないように感じる。

これじゃいけないと頭ではわかっているのに、亮への思いを止める術が見つからない。

まさか、これが百合の言ってた婚外恋愛？

いや、そんなはずはない。キスだけで完全なるプラトニックだから、まったく違うんだと必死に自分に言い聞かせる。

亮がロンドンに発つまでの間、ほのかな恋心を持つくらいなら神様は許してくれるはずだと思っていた。

それは、亮が赴任するちょうど一週間前の朝のことだった。

出勤するや否や、私と亮は営業二課長の山本《やまもと》さんに応接室に呼ばれる。

「朝の忙しい時間に申し訳ないね。まぁ、そこに座って」

山本さんはソファーに腰を下ろすと私たちに正面に座るよう促した。

なにか緊急の仕事だろうか。

いまだ状況が呑み込めない私たちは顔を見合わせると、戸惑いながらも腰を下ろした。山本さんは何度もため息をつき、なにかを言い渋っている様子で頭を抱えている。

私の胸に一抹の不安がよぎった。

ふたり同時に呼ばれるって、まさか……だよね。

「なんでしょう？」

思い切って尋ねた私の声がわずかに掠《かす》れる。

「いや……僕も、そんなはずはないとは思っているんだけどね、念のため確認なんだが」

頭を抱えていた山本さんはようやく顔を上げると、交互に私たちを見た。

「昨晩、部長と僕に部内の人間からある情報を預かってね。崎山さんと小出くんが、その……不貞行為をしてるんじゃないかって」

「「不貞？」」

思わずふたりの声がシンクロする。

ドクン。亮と唇を重ねた情景が蘇り、胸が大きく波打った。すぐにその情景を消し去り、心を静める。

不貞なんて……私たちはそんな関係じゃない。

目をつむると、鼻から大きく息を吸い吐き出す。こういう事態になって一番困るのは私ではなく亮だとわかっていた。

「そんなことあり得ません」

私は上司の目をしっかりと見つめながら答えた。

「実はこういう写真も見せられたんだが、心当たりはあるかい？」

山本さんがジャケットの内ポケットから出した写真には、ホテルのエレベーターに乗り込む私と亮の姿が写っていた。

あの日の画像だ。誰かが私たちの後をつけていた？

「これは……ふたりで飲みに行った時のものです」

亮が静かなトーンで言う。

「ふたりで？　ホテルに？」

真偽を確かめるように山本さんは顎に手をやり、私たちを見つめた。

「ええ、ふたりでしたけれど、ホテルの最上階のバーに行っただけです」

私は即座に答える。

「そうか……信じたいのはやまやまなんだが」

「信じてください。私たちは単なる飲み仲間というだけでやましい関係ではありません」


山本さんはソファーに深く体を沈め、長いため息をついた。

「正直僕も困ってるんだよ。小出くんはロンドン赴任を控えた、わが社のホープだ。少しでも隙をつくようなことが出回れば、小出くんの今後にも関わってくる。万が一同じ職場の女性と不倫なんてことがあれば、小出くんの海外行きは一旦保留になるか、もしくは異動してもらうことになるだろう」

「不倫なんて……そんなこと絶対に」

言いかけた私の言葉を遮るように亮が口を挟んだ。

「その場合、瑞希……いや崎山さんの処遇はどうなるんですか？」

亮のバカ。なに言ってるの？　私のことより自分のことでしょう！

思わず口を真一文字にして彼の横顔を睨みつけるも、そんな私の気配には気付かないふりをしているのか、こちらに顔を向けようともしない。

「小出くんは、自分のことより崎山さんの方が気になるのか？」

ほら……。

明らかに山本さんの目つきが鋭く変わる。おそらく今の彼のひと言で、山本さんの中でふたりの関係が同僚以上のものであるという確証に結びついたのではないかと気が気ではなかった。

「今回、誘ったのは僕です」

さらにそう言い放った彼に、目を大きく見開いてしまう。

そして、山本さんもまた眼鏡の奥の細い目を見張った。

「決して課長のおっしゃるような関係ではありませんが、崎山さんは僕にとって恩人です。万が一、ご迷惑をかけるようなことがあったら自分自身を許せません」

亮は恐ろしいほどに揺るぎない目で山本さんを見つめている。

どうしてそんなことを……。

山本さんは腕を組み、亮から視線を外すと首を垂れたまましばらくなにかを考えているようだった。そして、ようやく顔を上げると私の方を見て重い口を開く。

「言いたくはないが、崎山さんはもう少し慎重になるべきだった。小出くんはともかく、君は既婚者なんだからふたりきりでホテルというのはやはり誤解を受けるもとだ」

「はい……申し訳ありません」

今は亮のためにも頭を下げるしかなかった。

「たとえ間違った情報であろうと、こういう情報が持ち込まれた以上なんらかの対応は取らざるを得なくなる。君たちの話をそのまま部長に伝え、最終判断をしてもらうよ。小出くんの赴任については、この件が落ち着くまで保留になるかもしれない」

亮のロンドン行きが保留？　海外赴任のためにずっと頑張ってきたのに。しかも、保留だけでは済まなくなる可能性だってゼロではない。そんなこと、私には耐えられなかった。

責任を負うのは私ひとりで十分。部長の判断が下りる前になんとかしなくちゃ。

必死に私が責任を取れる方法を考えるも、行き着くのはひとつの答えだけだった。

やっぱりこれしかない？　うん、これしかないよね。

自分の葛藤に決着をつけ、難しい表情のまま席を立とうとした山本さんを呼び止めた。

「山本課長！　あの……このタイミングでお伝えするのがいいのかはわかりませんが」

「なんだ？」

中腰だった山本さんは、再びソファーのひじ掛けに手を置き座り直す。

両手をぐっと握りしめたまま、山本さんの目を正面から見据えた。

「私、実は妊娠しています」

「え？」

山本さんもこれまでの話の流れで混乱したのか、きょとんとした表情で亮の方に顔を向けると「いやいや」と慌てて首を横に振り、言った。

「もちろん、ご主人との間にということだね？」

「はい」

「それはおめでたい話じゃないか！　なぜそれを先に言ってくれなかったんだ」

山本さんの表情が一気に和らぎ、目を細めて私の肩をポンポンと叩く。

「今はまだ安定期前ですし、もう少し落ち着いたらお伝えしようと思っていましたが、このような誤解を招きかねない情報が課長の耳に入っている以上、早めにお知らせすべきだと判断しました。今回小出くんが誘ってくれたのも、私の妊娠のお祝いを兼ねてでした」

横にいる亮の視線を痛いほど感じていた。

彼はいったいどんな表情をしているのだろう。

握りしめた手は少し震えている。

「そうだったのか。それはふたりに申し訳ないことをした。妊娠して幸せいっぱいの崎山さんに不倫だなんて……本当にすまない」

「いえ、誤解が解ければそれで十分です」

「育児休暇はもちろん取るんだろう？」

「今の職場は居心地もいいですしメンバーにも恵まれていますが、やはり子育てというのは初めての経験なので一旦退職させていただこうと思っています」

「それは残念だな。まぁ、子育てが落ち着いて戻ってきたいと思ったらいつでも相談してくれ」

山本さんはそう言うと、先ほどのややこしい話をすべて忘れてくれと言わんばかりに大きな声で笑った。

すべて嘘。こんな大きな嘘をついたのは生まれて初めてだ。

幼い頃から嘘だけはつかずに生きてきた自負があったのに。

だけど、これで疑いが晴れて、亮のロンドン赴任に影響が出ないならたやすいこと。

「部長にも報告して大丈夫かい？」

「はい。近いうちに退職届を提出させていただきます」

「そうかそうか、いやーよかった。昨晩、東条さんから君たちの画像を見せられた時はどうしようかと思ったよ、これで部長の疑いも晴れるだろう」

東条って、奈美恵？

「あ、しまった、口を滑らせたが東条さんのことは内緒にしておいてほしい。どうも彼女は小出くんと付き合ってるって？　嫉妬心からの出来心だったんだろう。僕の顔に免じて許してやってくれ」

そうかもしれないと思ってはいたけれど、やっぱり彼女が絡んでいたんだ。

「僕は東条さんとお付き合いはしていません。そこだけははっきり否定させていただきます」

亮がようやく口を開く。山本さんは「お、そうか」と驚いた様子でとりあえず頷いた。

「いずれにせよ小出くんも隅におけないな。ロンドンではあまり遊びすぎるなよ」

山本さんは笑顔を向け立ち上がると、足早に応接室を後にした。

応接室の扉がバタンと閉まると同時に、ため息をつきながら彼が呟いた。

「妊娠してるって？」

「……ごめん」

「本当の話なのか？」

私は正面を向いたまま頷いた。

「……そうか」

「ごめん」

「なんで謝るんだよ？　おめでたい話じゃないか。言ってくれればよかったのに、あんなに酒飲んで大丈夫だったのかよ?」

「一緒に飲みに行った後、わかったの。まさか自分が妊娠してるなんて思わなかったから……」

「その可能性が少しでもあるならあんなに飲んじゃまずいだろ? 母親になるんだから、もっとしっかりしろよ」

亮の言葉がひとつひとつ胸に刺さって痛い。

だって妊娠なんてしてないもの。健斗とだって、仲よくしていないもの。

「……会社、辞めるのか?」

亮は足を組み替え、私に顔を向ける。

「辞めようと思ってる」

「俺が帰ってきた時はもういないんだな」

「うん、そうだね」

こんな嘘をついた以上辞めなければ妊娠していないとばれてしまう。なによりも亮に迷惑がかかることだけは絶対に避けたかったから。でも、亮はどう感じただろう。

私が妊娠したなんて聞いて……。亮のためについた嘘なのに、こんなにも心が苦しい。

「東条には今回のことも含めて再度きちんと話つけとく」

「奈美恵は亮のことがすごく好きなのね」

ある意味、奈美恵が羨ましかった。素直に好きな人に気持ちを向けられることが。

「それとこれとは関係ないよ。やっていいことと悪いことがある。しかもあいつは嘘つきだ。付き合ってもいないのに、山本課長にまで勝手なこと言いやがって」

嘘つき、か。私だって、今まさに大嘘つきだ。

なにが本当でなにが嘘なのかもわからなくなりそうだった。

「仕事に戻ろう」

いたたまれなくなった私は亮よりも先に立ち上がり、応接室を出た。

席に戻るとしばらくして、朝から妙にテンションの高かった奈美恵が山本さんに呼ばれて応接室へ入っていった。

おそらく私たちの報告を受けているのだろう。

山本さんの話を聞いて悔しがっているに違いないと思いながらも、先ほどついた嘘が自分に重たくのしかかっていた。

どうしよう。いずれにせよ会社を辞める方向にもっていかなくちゃならない状況だ。

帰ったら、私が会社を辞めることも含めてこれから健斗とふたりのライフプランについて相談しなくてはならない。健斗がどういう反応をするのかはわからないけれど、とにかく話すことでなにかが変わるはずだ。

百合だって言ってたもの、まだ解決できる糸口がある間は大丈夫だって。

糸口があるはずだと信じて突き進むしかない……んだけど。

この数週間で膨らんだ亮への思いが水を差しそうで怖い。今では健斗と以前のような仲のいいふたりを想像することすらできないというのに。

冷たくなったコーヒーをひと口飲み、ノートパソコンを開いた。


重い足取りで家に帰ると、既に健斗は帰っていて、どこかで買ってきた弁当をテレビを見ながら食べている。もちろん、私の弁当は買ってきてくれてはいないわけで。

「お弁当買ってきたのね。なにか作るけど健斗もいる？」

「いらない」

テレビに顔を向けたまま彼は答えた。

きっと弁当で済ませるというのも彼なりの優しさなのだと自分に言い聞かせながら、湯を沸かす。今日は私もカップラーメンでいいや。

湯気の立つカップラーメンを手にして、健斗が座っているソファーの横に腰を下ろした。

彼は私のカップラーメンを一瞥すると言った。

「珍しいね。今日は飲まないの？」

「うん。ちょっとね、飲む前に話したいことがあって」

「俺も」

俺も？

思いもよらない彼の返答に胸がざわつく。

「健斗から先に言って」

「俺は後でいいよ。瑞希からどうぞ」

彼から話があるだなんて結婚して以来初めてだ。

健斗の言いたいことが気になりながらも、思い切って自分から切り出す。

「あのさ、ずっと考えてたんだ。健斗とのこれからのこと」

「うん」

彼の視線はテレビに向けられたまま。いつもより目が虚ろなような気がした。

「私も最近は仕事が忙しくて、ゆっくり話す時間も作れなかったんだけど、そろそろ子どものことも真剣に考えたいなぁと思って。健斗はどう思う？」

ドキドキしていた。

彼の反応と、私が仕事を辞め彼と夫婦関係を続けていく覚悟に。

健斗は食べ終えた弁当をテーブルに無造作に置くと、私の方に顔を向けた。

無表情な彼の顔が迫ってくる。

テレビの音がやけに大きいと感じながら久しぶりに彼と唇を重ねた。

そのまま、床に押し倒され、胸元のボタンを乱暴に外されていく。

淡泊な彼がこんなに激しく求めてくることは、今まで一度もなかった。

健斗の執拗なキスが首元から胸に下りていく。

受け入れたくない気持ちが勝りそうで、必死に自分の意識を遠いどこかへ向けていた。

亮の笑顔が脳裏をかすめる。そして亮の優しい控えめなキス……。

固く閉じていた私の両足を無理やり押し広げられた瞬間、思わず「嫌！」と声をあげた。

健斗の動きが止まる。そして、ゆっくりと上体を起こし、自嘲気味に笑った。

「やっぱりな」

やっぱり？

はだけたブラウスを手で押さえながら私はゆっくりと起き上がる。彼はソファーに座ると虚ろな表情で正面を向いたまま話しはじめた。

「結婚してから、職場でも人気者の君がいつも楽しそうに飲んで帰ってくる姿を見ながら、俺の存在は君にとって本当に必要なのかわからなくなることがあった」

長く息を吐いた彼は乱れた自分の前髪をかき上げると、ようやく私に視線を向ける。

「覚えてないかもしれないけれど、半年前、いつものように飲んで帰ってきてそのままソファーで寝てしまった瑞希を抱きしめたら『やめて』と払いのけられたことがあったんだ。それ以来、君に触れるのが怖くなった。いつか、酔っていない瑞希にも拒否されるんじゃないかって」

健斗は力なくソファーにもたれ首《こうべ》を垂れる。

彼の言葉を完全に否定できない私が視線を落とした先に、ほころびかけた靴下を履いた彼の足が投げ出されていた。

「だけど、そんなことを俺が思ってるなんて気付かれたら捨てられるかもしれないと、次第に瑞希と一緒の時間を避けるようになっていったんだ」

彼はワイシャツのポケットから一枚の写真を取り出し、私の前に差し出す。

「一週間ほど前に俺に届いた差出人不明の封筒に入ってた」

その写真は、山本さんから見せられたのと同じもので、ふたりがホテルにいた時の写真だった。おそらく奈美恵が送ってきたに違いない。

「その男といい関係なの?」

「そんなんじゃないよ。これは……」

亮への思いが私の足を引っ張り、言葉に詰まる。

そして今、初めて聞いた健斗の気持ちに少しも気付けていなかった自分がひどく愚かなように感じた。

テレビの楽しげな音が唯一、私たちの沈黙の間を取り持っている。

「俺は子どもなんかいなくたっていい。瑞希が笑って俺だけを見てくれていればそれで十分だった」

時に愛はその苦しさから間違った方向へねじれていく。

百合も奈美恵も私も亮も、そして健斗も。

「こんな写真見せられた以上、瑞希の言うことはもう信じられない。この男との子を妊娠して、俺に既成事実を作らせようって魂胆かと疑いたくなる」

薄ら笑いを浮かべてそう言った彼の頬を、気付いたら思い切りひっぱたいていた。

本当はわかってる。健斗だけが間違ってるんじゃない。

今日ついた亮と山本さんへの嘘も、健斗にずっとごまかしていた気持ちも、亮との関係を否定できなかった自分も、今の彼以上に卑怯《ひきょう》で間違っている。

いろんなことが悔しくて、彼を睨みつけた目から涙がひと筋頬を流れ落ちる。

私は震える体でなんとか立ち上がると、椅子にかけたジャケットを羽織りそのまま玄関を飛び出した。

四・始まりと終わり

夜十時を過ぎた住宅街は、人通りもなく静まり返っている。

拭っても拭っても流れ落ちる涙は、自分の奥底に眠っている本当の気持ちが外に出たいと暴れているように思えた。

もういいのかな。

嘘で縛られた自分を解放してあげても。

誰もいない公園のベンチに座り夜空を見上げると、三日月がまるでこちらを見て笑っているように見えた。

ジャケットのポケットに入れたままになっていたスマホを取り出し、月を画像に収めると、そのまま亮のＬＩＮＥに送った。突然、なんだ?って思われるよね。

私が結婚して、一度も鳴ることのなかった彼からの電話が鳴るかもしれない。いったい私はなにやってるんだろう。もうすぐ亮はロンドンに行ってしまうというのに……。

画像を送ったすぐ後、亮からの電話が鳴った。

《今どこにいる？》

亮の声は切羽詰まっているようだった。

どこかに向かって歩いているような息遣いを感じる。

「家の近くの公園」

《迎えに行く》

「なに言ってんの？」

思わずこぼれる涙を拭きながら笑ってしまった。

《会いたいから》

私は少しだけ考えてから答えた。

「私も会いたいよ。今すぐ会いたい」

そう言った瞬間、胸のつかえが取れたように一気に呼吸が楽になっていく。

「駅に向かうね」

私はスマホを耳に当てたまま立ち上がると、そう続けた。

《わかった。車で向かうから瑞希さんの最寄り駅前で待ってて》

電話を切ると、住宅街を抜け駅前の商店街に向かって歩く。

さっきまで重かった足が、羽根が生えたように軽く感じる。

私の中でなにかが吹っ切れ、これまでの自分にけりをつけて新たな希望に向かって進みたいという思いが生まれはじめていた。

正しいとか間違ってるとか、誰かの価値観で決められたくはない。

自分の人生は自分だけのものだ。たとえそれが誰かの目には間違っていると映ったとしても、後悔することになるとしても、自分で決めたことは自分で責任を取ればいい。

失うものも得るものも、留まるものも離れていくものも、きっとどんな道を歩んでいたって、自分の人生に訪れるのだから。

それ以上に、自分の生き方に嘘だけはつきたくない。それぞれが抱えるねじれた愛の先に嘘がなければ、いつかきっとよかったと思える日が来るはずだ。

商店街を明るく照らす電飾を見上げながら、祈る思いで駅に向かって歩みを進めた。

駅前で待っていると、ほどなくして亮がやってきた。

運転席から降りてきた彼に笑顔はない。

「乗って」

そう言うと、助手席の扉を開けた。

「うん」

後悔なんて絶対しない。私は奥歯を噛みしめ亮の車に乗り込んだ。

座席の革の匂いと彼がいつもつけているオーディコロンの香りがする。

車はゆっくりと駅前のロータリーを抜け、大通りに出た。誰にも知られてはいけない秘密を共有しようとしている緊張感が車内を満たしている。

なにを話せばいいのかわからず黙っていた。緊張が張りつめた沈黙の時間は、私の鼓動と反比例にゆっくり過ぎていく。

高速に乗ってしばらくすると、亮がようやく口を開いた。

「今日、言ってた妊娠の話、俺を庇うためについた嘘だろ？」

「……どうして？」

「瑞希さんはなにかをごまかす時、いつだって口を左に曲げる癖があるからわかりやすいんだ」

私は否定も肯定もせず、ほんの少し笑うと窓の外に目を向ける。自分でも気付いてない癖を亮が知っていることに高揚しながら。亮は続けた。

「どうしてさっきまで外にいたの？」

「夜の散歩」

「ひとりで？」

「そうだよ」

彼は眉をひそめ首をひねる。

「月の写真なんか送りつけてくるなんて意味深すぎるじゃん」

「綺麗だったから送っただけ」

「本当は、なにかあったんじゃないの？」

そうだよ。

本当は、私からのメッセージを見て連絡してほしかった。会いに来てほしかったんだよ。これ以上亮がなにかを言ったら泣いてしまいそうだ。

彼はいつも私の微妙な変化に気付いてくれる。彼に嘘はつけない。

「…………」

「また口が曲がってるぞ」

私が慌てて手で自分の口元を押さえると、亮は前を向いたままおかしそうに笑った。

「瑞希さんといると飽きないよ」

私もだよ。

亮は大きく息を吐いて言った。

「このままふたりでどこか知らない場所へ行ってしまいたい」

「誘拐？」

「同意があれば誘拐じゃない」

「行っちゃう？」

「同意と受け取っていい？」

彼は嬉しそうに笑う。

あ、この顔が好き。

温かかった。彼のそばにいるといつも笑っていられて、体中がぽかぽかした。

夜の高速はほとんど車がなく、暗闇に点々とオレンジのライトが道しるべのように浮かび上がっては流れていく。

「仕事終わり、東条を呼び出してきちんと話つけてきた。その時、実は……って、俺たちの写真を瑞希さんの旦那にも送りつけたって話聞いてさ。大丈夫だったのか？」

「……うん、まぁ」

「本当に？」

「…………」

「さっきまで泣いてただろ？　瞼が腫れてる」

亮は静かに続ける。

「瑞希さん……今本当に幸せなの？」

なにも言えず、ただ俯くしかなかった。口に出して幸せを否定してしまったら、健斗だけを悪者にしてしまうみたいでつらかったから。

「幸せじゃないなら、俺はもう遠慮しない」

高速を降りた先に海岸線が続き、暗い海の向こうには漁火《いさりび》がいくつも揺れていた。

漁火の見える道路の脇に車はゆっくりと停まる。

私たちの他に誰もいない。

寄せては引いていく波の音だけが車内に切なく聞こえていた。

彼はこちらに体を向けると、私の目を見つめて言った。

「俺は瑞希さん以外に考えられない」

その真っ直ぐな瞳に耐え切れなくなり、視線を逸らす。

「待ってってって言うなら十年でも二十年でも、それ以上でも待つ」

「二十年後だったらもうすっかりおばちゃんだけど」

少し笑って窓の外に揺れる漁火を見ながら返した。

「かまわないさ。おばちゃんだっておばあちゃんだって瑞希さんには変わりない」

「変なの」

「いいよ、変でも」

優しく微笑む彼を見つめながら、もう自分を許してあげようと思う。

亮が好きだと、今ははっきり確信に変わった。

彼の腕がゆっくりと私の肩に伸び、優しくその胸に抱きしめられる。

そして、亮は私の耳、目、頬に触れるように唇を当てていく。

「好きだよ」

何度もそう言いながら、最後に私の唇に彼の唇が触れた。この間よりも少しだけ長く留まった唇は一層切なく私の中心を熱くした。思わずギュッと彼の背中を抱きしめる。

「もっと……」

自分でも驚くような言葉が口からついて出た。こんなこと、健斗にだって言ったことはない。

居ても立ってもいられないもどかしい気持ちになり、彼の頬を両手で挟むと自分からキスをした。亮もそんな私に答えるかのように、深く私の唇に押し入る。

互いにむさぼり合うようなキスは息をするのも忘れるほど続き、意識が遠退きそうになった時、ようやく唇が離れた。

亮は意を決したかのように強い眼光で私を見つめると、座席のシートを倒し私に覆いかぶさる。彼はなにも言わず、ただ私を求め続けた。

亮の目も唇も、官能的に私の体をなぞる手も指も、汗ばんだ額も荒々しい息づかいも、すべてが愛しい。

この時間がずっと続けばいいと思った。

激しく揺さぶられながら、遠くで私のスマホのバイブが震えていることに気付く。

その音を頭の中でシャットダウンすると、彼の背中に強くしがみついた。

「私も亮だけだよ」

五．リセットした先

「瑞希ちゃん！　悪いけどこれ大至急、午前の便で出してきて！」

「はぁい！」

私は封書を受け取ると、【斎藤務《さいとうつとむ》弁護士事務所】と書かれたガラス扉を開け外に飛び出した。

見上げると青空がキラキラと眩しく、街路樹の新緑が風に煽られ揺れている。

「急がなくちゃ」

私は封書を大事に胸に抱えると、事務所から十分ほどの郵便局へ足早で向かった。

三年前、亮がロンドンに発ったすぐ後、会社を退職し、健斗と離婚。

健斗にはこれまでのことを正直に話し、自分から別れたいと告げた。付き合っていた頃のような気持ちを健斗に持てていなかったこと。そして、別の男性に心を惹かれていて、自分の気持ちにもう嘘はつけないということも。

全てを話したことで彼をひどく苦しめ傷つけたかもしれないけれど、それが私の最後の誠意だった。

仕事を辞め、すべてをリセットしたことで、亮ともそれきり連絡を取っていない。スマホを変えて引っ越しもして、連絡したくてもできない状況を作ったと言う方が正しい。きっと怒ってるよね。

亮のことは大切だったし大好きだった。もちろん今でも忘れられない人。

独身に戻ったこの三年間で、いくつかの出会いもあったけれど本気で好きになれる相手はいなかった。

それなのになぜ亮と離れたのか？　百合にも何度も尋ねられた。

その時は、不倫した上に自分ひとりが幸せになってもいいのかという罪悪感が常にまとわりついて、亮ときちんと向き合える自信がなかったのかもしれない。

でも、きっと今をしっかり生きて自然の流れに身を任せていれば、本当に必要な出会いが訪れるはずだと、最近は新しい恋に対して少し前向きに考えられるようにもなっている。

そして、二年前、この弁護士事務所で事務員として働きはじめた。

弁護士である斎藤先生は切れ者だけど、普段はとても穏やかで優しい。

私が以前の仕事を辞めたことも、離婚についても余計な話は一切聞かないでいてくれた。

今はそんな職場で、慌ただしくも毎日楽しく働かせてもらっている。

ビルの角を曲がるとようやく郵便局が見えてきた。

午前の便にぎりぎり間に合いそうだ。

郵便局に急ぎ足で入ると、郵便の受付は結構混んでいた。

都心に近いこの辺りはビジネス街とあって、お昼頃にどうしても集中するんだよね。

それにしても今日はいつも以上に多い。小さく肩をすくめると、五人が並ぶ列の最後尾につく。

先頭で対応してもらっている事務員らしき女性は、大量の封書の束を手に抱え、一部ずつ説明しながら郵便局員に手渡していた。

ん～、まだまだかかりそうだ。

斎藤先生には至急と言われたけれど、しょうがないよね。

速達便にすれば、きっと間に合うはず。ここは前向きに捉えるとしよう。

「混んでるな」

私の後ろに並んだ誰かが呟く。

その人も急ぎなのだろうか。まぁ、この列を見ればそう言いたくなる気持ちはよくわかる。

それにしても、背後から漂ってきたこの香り。

誰かの香りに似ていた。多分同じ香り。忘れもしない、亮と同じだ。

まさか、だよね？

鼓動が激しくなっていく。さっき呟いた声もなんとなく似ているような気がする。

ゆっくりと後ろを振り返る。

スーツをびしっと着こなした長身の男性は年齢こそ近いけれど、亮とはまったく違う人物だった。

こういう時の落胆は、普通の落胆より疲れる。

一気に緊張がほどけ、体中の力が抜けていくようだった。

なに考えてんだろ。特別な辞令や出張がない限り、亮はまだロンドンにいるはずだ。

三年も経っているのに、まだ亮を引きずっている自分が情けなくもあり、やはり彼が私にとっての特別だったのかもしれないとも思う。

ようやく先頭の郵便物の手配が終わり、ふたり目の番になる。

時計を見ると、ここに来てから五分ほど経過していた。

「宮内《みやうち》〜、まだ出せてないの？」

「あ、はい。今日に限ってすごく混んでて」

突然背後で話し声がする。後ろの男性の連れが様子を見に来たのだろうか。

「大使館との約束の時間まで結構厳しいな」

「すみません。社を出る前に誰かに頼めばよかったのに、俺がすっかり忘れてて」

「ったく。そんなんじゃ、ロンドン支社に赴任した後、支社長にすぐ日本に送り返されるぞ」

ロンドン支社?

……ドクン。

「はい、気を付けます。そう言う小出さんは、支社長との関係は大丈夫だったんですか?」

「まぁな。俺、お偉いさんの懐に入るのうまいから」

「ははは、さすがです。僕も小出さんの後任として、その点もしっかり引き継がせてもらいます」

小出……? このしゃべり方、声……そしてこのオーディコロンの香り。

前を向いたまま、息を潜める。

「この分だともう少しかかりそうだな。俺はコンビニで缶コーヒーでも買ってその辺で待ってるよ」

「はい、すみません」

すぐに後ろを振り返ると、一瞬だけその人の背中が見えた。

背中だけでは亮とはわからないけれど、おそらく間違いない。

ドクンドクンと大きく心臓が震えている。

今追いかけなくちゃもう二度と会えないかもしれない。でも、この封書は早く出さないといけない。どうしよう。

刻々と過ぎていく時間が私たちの間を引き裂いていくようだった。

やはり、あんなことがあった以上、私たちは再会を果たさずに幕を下ろせということなんだろうか。亮だって三年も経っていれば、音信不通の私のことなんか忘れてるよね。

そんなことを考えていたら、前にいた人が郵便物を出し終え私の番になった。

「あれ、小出さん、どうかしました？」

後ろの男性がそう言った時、私の肩が背後からぐっと掴まれる。

「瑞希さんだろ」

振り返ると、私の肩をしっかりと掴んだ亮が立っていた。

「亮……？」

いたずらっぽく笑った亮を見つめ返す。

一度下ろされかけた幕がゆっくりと上がっていく。

「お待たせしました～」

笑顔で見つめ合う私たちの向こうで郵便局員の間延びした声が響いた。

END

The Color of Love

西ナナヲ

「みなさん、こういうときどうしてるんでしょうか、ええと……」

　女性がテーブルの上に目をやった。視線の先には、この打ち合わせのはじめに渡した、私の名刺が置いてある。

「『乗《じょう》』さん？」

「『よつのや』と読むんです、それ」

　名刺を見つめる表情は、まさか、とでも言いたげだ。

「よく見たらアルファベット表記もありました、ごめんなさい」

「いえ、アルファベット表記でもすっと入ってこないという、厄介な苗字なので」

　彼女は「確かに」と控えめに笑った。きれいなベージュのニットワンピースに、ゴールドのブレスレットがなじんで、肌を明るく見せている。

「なんであんなことができるのか、わからなくて」

「ちゃんと地獄に落ちると思いますよ、お相手ともども」

　彼女がふと動きを止めた。はたしてそれが自分の望みなのか、考えているのかもしれない。真実を知ってどうするのか決めきれないままここへ来る人は多い。

「当社は専門のカウンセラーもおります。訴訟の手続きに関してもご相談に乗りますし、メンタルケアのお手伝いもさせていただきますので、よろしければ」

「今どきの探偵社って、そんな手厚いんですか」

競争の激しい業界なので、とは言わずにおいた。自分の悩みが、市場がひとつできあがるほどよくあるものだなんて、だれしもわざわざ知りたくはないだろう。

「それでは、調査計画ができましたらご連絡します」

「あの、くれぐれも」

腰を上げながら、女性が不安そうに眉根を寄せた。私は目を見て答える。

「承知しております。ご自宅に郵送するものはございませんし、お電話もしません。今後のご連絡は、メールで行わせていただきます」

事務所の玄関まで女性を見送った。

手を振りつつ、私の頭の中には、調査計画があらかたできあがっていた。

「浮気調査です。調査対象は依頼者の夫。浮気相手は夫の職場関係者で、おそらく未婚。訴訟は今のところ考えていないようですが、裁判で使えるレベルの証拠がほしいとの依頼です。依頼者から聞き取った対象の行動パターンは手元の資料に」

会議の出席者が、配布した資料に目を落とす。会議室の長方形のテーブルを囲んでいるのは、私を入れて六名。ひとりは社長、ひとりは経理で、このふたりは現場には出ない。今回張り込みや尾行といった調査をするのは、残りの四名だ。

道路に面した壁は弧を描いており、その形状ゆえ、バスや電車のように上下に開閉する窓がついている。建物自体が空き缶みたいな形をしているのだ。使い勝手がよくないため、都心のわりに安く借りられた、というのは社長の談。

「依頼者によれば、対象は浮気を疑われていることに気づいているようです」

「そりゃ厄介だな」

社長がつぶやいた。

探偵社の社長といったら、世間ではどんなイメージだろう。どう見ても堅気じゃなさそうだったり、元刑事だったり、やたらくたびれていたり、くわえ煙草だったり、などだろうか。

半分は当たっている。

社員が親しみをこめて『ボス』と呼ぶ、我が『アイ探偵社』の社長、佐久雄馬《さくゆうま》は、元警視庁の刑事だ。三十三歳で警部補になり、三年後に退職。翌年に探偵社を起ち上げ、なんだかんだでもう六年、順調に実績と従業員数を増やしている。

社のロゴに目のマークが入っているため、そこから取った社名だと思われがちだが逆で、『アイ』という名称のほうが先だった。

『電話帳の一番上に載りたかったんだよ』

本気なのか冗談なのかわからないボスの説明は、ぎりぎり私には理解できたが、若いスタッフには意味が通じなかった。

くわえ煙草だったのは警察官時代のことだ。今も完全にやめたわけではないと本人は言っているけれど、悪ぶっているだけだと私は疑っている。

堅気に見えるかどうかは……正直、微妙なところだ。

くたびれてはいない。気ままに鍛えている長身は、四十三歳になった今でも引きしまっており、髪型も身だしなみも清潔だ。いつも暗色のスーツを身に着け、手入れの行き届いた革靴をはき、常識的な範囲で香水の匂いをまとっている。そこだけ見ればビジネスマンのようだと言えなくもない。

ただ、目が違う。なんというか、違う。

はじめて会ったとき、長年刑事として生きていると、こういう目つきになってしまうんだろうかと、見入ってしまいそうになった。

眼光鋭いわけじゃない。むしろまなざしは静かで、けれどなにひとつ見落とすまいという緊張感に満ちている。彼が私のところへ来て自己紹介をしたとき、交わした視線が、さっと私を走査したのを感じた。表面的な特徴から、表情の作りかた、声の震えかた、仕草のくせまで、すべてを観察され、記憶された気がした。

「よし、ジョーの計画どおり、まずは二班に分かれてイチタイを二週間の尾行。その間にニタイとの接触の場所、タイミングのパターンをつかむ。二週間で成果ゼロならいったん仕切り直しだ。調査に勘づかれるのが一番まずい。ジョー」

ボスは私の、ちょうど真向かいに座っている。私は「はい」と彼を見た。

「お前が一班長だ。頼んだぞ」

一班長は、調査のすべてを取り仕切るリーダーでもある。何度経験しても、この瞬間はぞくぞくする。

「はい」

一見すると冷酷そうなボスの顔に、優しい微笑みが浮かんだ。

「ジョーさんって、この会社ができたときからいるんですよね？」

一班で私と組む、虹太郎《こうたろう》くんという若手の男性社員が聞いた。新卒でこの世界に入った変わり者で、まだ三年目ながら、好奇心旺盛で現場度胸もあって頼もしい。

会議が終わったあとの会議室で、綿密な調査スケジュールを立てているところだ。

対象は会社勤めで平日勤務。であれば昼休みと、終業後から帰宅までの行動は徹底的に押さえたい。それから依頼者が知らないであろう、勤務中の外出やちょっとした休憩時間の動きも知っておく必要がある。職場の相手と浮気するなら、そこを利用しない手はないからだ。一度帰宅してから外出することはまずないとのことだけれど、万が一の場合は駆けつけられるようにしておきたい。

「そうだよ」

「保育士さんだったって聞いたんですけど、マジですか」

「名残あるでしょ」

「ないから確認してるんです」

「そもそも名残ってなによ。ふんわりした優しい雰囲気？ あふれ出る母性？ そういう勝手な思い込みと押しつけが一番腹立つの。こっちだって人間だよ」

「俺に怒らないでくださいよ、自分で言ったんでしょ」

「よし、大枠ができた。ここに場所の座標や目印を入れてってくれる？」

賢い虹太郎くんは食い下がったりせず、「はあい」と作業を始めた。

彼の言ったとおり、私は創業メンバーのひとりだ。とある縁でボスと知り合い、勤めていた保育園を辞め、彼の下で働くことを決めた。

保育士でいることに不満があったわけじゃない。特に子ども好きではないけれど、他人の世話をするのは、わかりやすいやりがいがあった。学生時代は介護の道も検討したくらいである。保育を選んだのは、制度や人が、介護業界よりは新社会人に優しそうに見えたからだ。

じゃあ、なぜあっさり辞めたのか？

おそらく私は、人に興味があるのだと思う。いい意味でも、悪い意味でも。

保育士の間で囁かれる関係者や保護者たちの噂話は、参加せずに耳だけそばだて、心に留めた。上層部のパワーゲームで振り回されるのも人間味を感じてわくわくしたし、それに対するスタッフたちの、悲喜こもごもの反応も興味深かった。

思えば思春期のころにはこの性質を自覚していた。

仲間はずれにされたら噂話が回ってこないので、ほどよく人の輪に入り、ほどよく部外者でいた。恋をしなかったわけではないけれど、相手とどうなるかより、恋愛をしている人間の心理そのものに興味があった。

人はなにを思い、どう動くのか。

それをのぞき見るのが好きで、たとえ『理解できない』という結論しか得られなかったとしても、それもまた趣深い。

今の仕事について六年がたった。保育士をしていた期間の、実に倍だ。

天職だと思っている。


「そいつを聞いてうれしいよ」

火にかけた鍋を見つめ、気のない調子でボスが言った。

私の住む１Ｋの貧相なキッチンで、レンジフードに頭をぶつけそうになりながら夜食を作っている。シャワーを浴びたばかりで、黒髪も裸の上半身も、しっとりと湿っている。はいているグレーのスウェットは、うちに置きっぱなしのものだ。

居住空間とキッチンの間には、もとは引き戸があったのだけれど、狭苦しいので取りはずした。だから私のいるベッドからは、調理中の背中がよく見える。

左の肩甲骨のあたりに、うっすら皮膚の色が変わっている箇所がある。湿布一枚ぶんくらいの大きさの傷痕だ。新米の交番勤務のころ、交通違反のバイクを止めようとして引きずられたらしい。

私はベッドを出て、脱ぎ散らかした服の中から自分のトレーナーを拾ってかぶった。

キッチンへ行き、彼の背後に立つ。

傷痕を眺めながら、腕を回して抱きついた。

「本当に？」

「なにがだ？」

「この仕事は天職だと思うって言ったら、うれしいって」

「それで喜ばない奴は、部下を持たないほうがいいな」

鍋の中の湯が煮立つ前に、コンビニで買ったカット野菜をひと袋入れ、菜箸でかき混ぜる。沸騰したところにインスタントラーメンの麺をふたつ放り込んだ。

彼が体のどこかを動かすたびに、皮膚の下の筋肉が躍動するのを感じる。

彼は私がひっついていることなど忘れたみたいに、冷蔵庫のほうへ移動した。そしてほとんどなにも入っていない庫内から、忘れかけていたソーセージを取り出すと、それも鍋に入れた。

「本気ですか？」

「こういうのがうまいんだろ」

「ラーメンの話じゃなくて」

最後に付属の粉末スープを鍋に入れ、ひと混ぜして味見をする。首をひねっているわりには味を調整する様子もないので、私は彼から離れ、器を用意した。どっしりした大振りのどんぶりをふたつ。シチューにもパスタにも丼ものにも使える、我が家のヘビロテ食器だ。

器に盛られたラーメンは、野菜たっぷり、肉もまあ、存在する。ぱっと見は、そこそこ健康に配慮した食事だ。すでに二十三時を回っていることを考えなければ。

「こんなやくざな仕事、染まるもんじゃないって口ぐせなのに」

「それとこれとは別だろ」

ベッドの横のローテーブルに運び、「いただきます」と手を合わせる。五分もしないうちに食べきった。職業病で、お互い食べるのが早い。

「片づけはしておきますから。もう帰らないとでしょ」

「悪いな」

ティッシュでざっと口を拭くと、ボスはスウェットを脱ぎ、床に落ちていたスラックスにはき替えた。ボクサーパンツになった一瞬、腰骨のあたりに、肩甲骨のとそっくりな傷痕がのぞく。上下セットでけがしたのだそうだ。

私はワイシャツを拾って彼に羽織らせ、ついでに腰の傷痕に指を這わせた。ぴくっと肌が震えたのが指先で感じ取れる。

「やめろよ。帰らないとって、お前が言ったんだろ」

「これ、ニュースにもなったんでしょう？」

「その話はしたくないんだって」

私は男の人がズボンをはいて、ベルトを留めるときの仕草や音が大好きなんだけれども、これは一般的な嗜好《しこう》なんだろうか。

「なんでしたくないんです？」

「かっこ悪いだろ。警察官が民間人に引きずられて大けがだぞ」

「警察官のけがは勲章なんじゃないの」

「そういうタイプなら、まだ警察官だったかもなあ」

他人事のように言って、シャツのカフスボタンを留める。私が差し出した鞄とジャケットをまとめて片手で受け取ると、玄関に向かった。

革靴をはいたボスが、見送りに出た私を振り返る。たたきと廊下の段差はわずかで、革靴の底の厚みで相殺されてしまうくらい。

私の顔に片手を添え、上向かせると、彼は私にキスをした。

別れのあいさつ、よりはあきらかに熱い。さっきまで肌を重ねていた者同士がする、関係を確かめるようなキス。深くはないけれど、別れがたさを伝え合う。

「じゃあな、また明日」

「気をつけて」

彼が出ていったあとの廊下は、寒々しく感じる。下着もつけずにトレーナー一枚でいることが急にむなしく思えて、シャワーを浴びることにした。

我が家には彼しか使わない靴べらが置いてある。

だけど彼の住まいはここではなく。彼は毎日、妻の待つ家へ帰る。

だれにお願いすればいいのかわからないけれど。

地獄に落とすなら、私だけにしてほしい。

＊　＊　＊

「イチタイが取引先のビルに入りました。二班、交代準備お願いします」

路肩に停めた車の中で、私は携帯電話に向かって告げた。

ちなみに『イチタイ』というのは『第一対象』の略で、今回でいえば依頼者の夫のことだ。『ニタイ』といったら相手の女性のことになる。

『二班了解。今大使館前。二四六号線経由でそちらに向かいます』

　ということは、十分もたたずに到着するだろう。私は運転席の虹太郎くんにそれを伝えた。彼が「やった～」とずるずる座席をすべり落ちていく。

「俺、この時期の張り込みってキツくって。眠気との闘いで」

「あったかいもんね」

「花粉症の薬のせいもあるかもですけど。この薬、最近効きが悪いなあ」

　スンと鼻をすすりながら、彼がエンジンを入れる。

「俺、車を会社に返してくるんで、ジョーさんはこのまま家に帰っていいですよ。そのほうが近いでしょ？」

　その提案は魅力的だった。今は十五時半。二班はイチタイが仕事を終えるまで張り込み、帰宅するところを尾行する。今日の調査はそこまでだ。つまり私と虹太郎くんは、ここで二班に交代したら、本日の業務終了なのだ。

「そうさせてもらおうかな」

　国道から二班の車が路地へ入ってきた。私はカメラや手帳をバッグに放り込み、帰り支度を始める。

「運転の練習、しないんですか？　給料増えるのに」

「しようと思ってるの。つきあってくれる？」

「冗談やめてください。ふたりでけがしたら会社が回りませんよ」

失礼な。

私は車を降り、すぐうしろに停車した二班の車のほうへ歩きだした。どこでだれが見ているかわからないから、二台の車は他人同士のふりをしたほうがいい。引き継ぎは電話で済ませる。イチタイの今日の服装や持ち物などは、写真と動画で共有済みだ。車内のスタッフと目も合わせず通り過ぎ、駅のほうへ向かう。

大通りに出ると、すぐに地下鉄の駅への階段が口を開けている。一番近い下り口から入ろうとしたとき、地下から上ってくる人影が目に入った。

それがだれだかわかった瞬間、ひっと悲鳴が出そうになった。

人影が目を上げ、私に気づいた。長めの前髪からのぞく瞳が細められ、愉快そうな笑みが口元に浮かぶ。ヘビーウェイトのグレーのパーカーにジーンズ、スニーカー、黒いボディバッグ。何度見ても年齢、職業ともに不詳で、探偵のプライドがうずく。

彼は地上まで上りきると、はずむような足取りで私の前までやってきた。

「よく会うね」

「ほんと、よく会っちゃうみたいね」

「不本意さをにじませてもしょうがないでしょ、だれのせいでもないんだから」

腹が立つほど正論だ。悔しいので、体面を保つために、気の進まない会話を続けることにした。

「いったいなにをしてる人なの？　ばったり会う場所も時間帯もばらばらだし、いつ見ても気楽な服装だし、でも無職にも見えない」

「お互いさまじゃない？」

私は自分をかえりみた。身長一六六センチ、どちらかといえば細めの中肉、ひとつに結んだ黒い髪、白い長袖のTシャツ、黒のブルゾン、ジーンズ、スニーカー。動きやすく、人目を引かず、凡庸な顔立ちと相まって、記憶に残りにくい。斜めにかけた黒のショルダーバッグには、ランプや反射しやすい金属部分などを黒いテープでカムフラージュした、怪しげなデジタル一眼のカメラが入っている。

道行く人が、私の職業をどう想像するのかは、考えたことがない。おそらく、私のことなど気にも留めないに違いないから。

「まあ、そうかもね」

しかたなく同意した。

「それじゃ、私、帰るところだから」

「銀座《ぎんざ》線、さっきちょっと止まったから、遅延してるかもよ」

「急いでないし、気長に待つことにする」

彼の横をすり抜けた直後、足を止めて振り返る。

「どうして私が乗る路線を知ってるの？」

彼もこちらを見ていた。ジーンズのポケットに両手を入れて、にやにやしている。

また、これだ。

はじめてこの男に会ったのは四カ月ほど前。

張り込み中に、路地の自動販売機でホットコーヒーを買った私は、手に取った缶のぬるさに首をかしげた。すると、うしろから声がした。

『それ、残念だよね。故障してるのかな』

振り向いたら彼が、ガードパイプに腰かけて、私が買ったのと同じ缶コーヒーを飲んでいた。なれなれしいなと思いつつ、『そうみたいですね』と答える。

彼はふっと笑って、こちらにやってくると、販売機のゴミ箱に缶を入れた。

『寒い中、お仕事お疲れさま』

それだけ言って、いなくなった。

変わった人、では済まされなかった。カジュアルな服装で道端でコーヒーを買っている女が、『寒い中で仕事中』であることをなぜ知っていたのか？

以来、街中で、立ち寄った店で、往来で、あきれるほどちょくちょく顔を合わせるようになったものの、疑問は解消されないままだ。

同業者かもしれないとも思った。だけど違う気がする。彼は他人に興味がなさそうだ。いつも少し顎を上げて、空気の匂いを楽しんでいるようなところがある。

じゃあ、なぜ私に絡んでくるのか？　そこがわからない。

「あなたがだれなのか、いい加減知りたいんだけど」

「名前は知ってるでしょ」

知っている。アキヨシリュウセイという。

「そっちが一方的に教えただけで、漢字すら知らないけどね」

「季節の秋に芳しい、隆起の隆に、生きる」

「聞いてないから！」

だけど頭の中の情報は、しっかりアップデートされてしまった。

秋芳隆生。

「今年三十路《みそじ》だよ。ついでに三十路の正しい意味も知った」

「三十代のことだと思ってた？　ていうか三十歳なの？　年下じゃない」

「意外そうってことは、俺の年齢を想像したことがあるわけだ」

無視して階段を下りた。

背中に彼の視線を感じる。どうかつまずいたり踏みはずしたりしませんように。

踊り場で折れ、上から見えない場所まで来たときは、ほっとした。

学生のころからずっと同じマンションに住んでいる。

東京のはずれの、ＪＲ線にたまにある、ひときわ影の薄い駅。世間の認知が低いおかげか治安がよくて住みやすく、案外どこにでもアクセスがいい。

そんな街のひとつに、家賃が安いという理由でたまたま住みはじめ、引っ越す理由がないのでいまだにそこにいる。

駅から住宅街を歩くこと十五分。三階建てのマンションの二階が私の城だ。一階はお客さんの少ない自転車屋だから、足音を忍ばせて生活する必要もない。

住みはじめた時点で築三十年を超えていたから、もう四十五年近いだろう。私も三十二歳だし、多少くたびれていてもお互いさまだ。

オートロックなんてしゃれたものはないけれど、この仕事に就いてから、玄関の鍵もドアスコープもインターホンも取り換えた。窓のサッシには補助錠までついている。

もちろん大家さんには許可を取って。とはいえ盗まれて困るほどのものは置いていない。どちらかというと、防犯グッズのテスト的な意味合いが強い。

半日ぶりの部屋は荒れていた。イチタイの出勤を見守るために、五時起きが続いているのだ。今朝もシャワーを浴びて最低限のメイクをし、飛び出した。

ベッドはぐちゃぐちゃ、洗面台の扉は半開き、洗い物でいっぱいの洗濯機に、脱いだ部屋着が引っかかっている。

せっかく早く帰宅したので、洗濯だけでもすることにした。

窓を開け放ち、玄関ドアもドアチェーンの長さが許す限り開けて、ストッパーで止める。たちどころに部屋の中を新鮮な空気が駆け抜ける。

この天気なら、洗濯機を二度回しても、夜までにすべて乾くだろう。ベランダと室内をフル活用すれば、二回ぶん干せる。

枕カバーをはぎ取り、クローゼットからボスのスウェットを取り出す。そろいのトップスは少ししか着ていないので、一瞬迷ったものの、やはり洗うことにした。

洗濯が終わるのを待つ間、寝てしまわないように部屋を掃除する。どんなにきれいに見えても、掃除シートは床をこするたび灰色になる。不思議だ。

時間が余ったので流しを磨くことにした。洗いかごに出しっぱなしの箸やどんぶりを戸棚にしまい、かごの掃除から開始する。

私がこの家に侵入したら、どんな住人を想像するだろう。

キッチンにはふたりぶんの食器が置いてあって、洗面所にも歯ブラシが二本。カーテンは白、家具は無個性な量産品。靴や服はレディースサイズのものしかない。味気ない女のひとり暮らし。たまに人が——おそらくは男——が来る、というところか。そのままだ。

夢中になってシンクをぴかぴかにしているうちに、洗濯が終わった。

中身をかごに移してベランダに出る。ボスのスウェットは、私が使っているハンガーには大きすぎて肩が落ちてしまうので、エジプトのミイラのように袖を交差させて肩にかけ、重さを分散させる。

このスウェット以外に、ボスが洗濯物を残していくことはない。着てきた服をまた身につけて出ていく。逆に、ボスのスウェットがこの部屋を出ていくこともない。ここで過ごすために購入し、ここでのみ使う服だ。

九年前、二十三歳のとき彼に出会った。

冷たい雨が降る冬の日で、私はたぶん、ひと目見た瞬間から惹かれていた。

刑事という職業柄からか、指輪はしていなかったけれど、妻帯者であることはなんとなく感じた。

『失礼ですが、乗みつるさん、ですか』

はじめて関係を持ったのは、それから三年がたったころだった。


枕越しに伝わってきた振動に、びくっとして目覚めた。

顔の近くに置いていたスマホをつかみ、着信元と現在時刻を確認する。

二十一時八分。

なんてこと。洗濯物を取り込まなくちゃ。

「ジョーです」

電気をつける間も惜しく、真っ暗なベランダに出ながらスマホを耳にあてる。電話の主は虹太郎くんだ。十中八九、調査中の対象に動きがあったに違いない。

『イチタイが帰宅後、車で家を出たそうなんです。二班が追っかけてます。俺らも交代できるよう現地まで行くことになって』

「水曜の夜に、車で？　方面は？」

『途中でニタイを拾って東名に乗りました。この時間だし、たぶん箱根《はこね》か熱海《あたみ》か、行ったとしても伊豆《いず》あたりで泊まるんじゃないかって予想です。俺、さっき会社で車をピックアップしたところで、ジョーさんちに向かってます』

「ありがと。すぐ準備して、大通りのガソリンスタンドまで出る」

『じゃ、のちほど』

さいわいなことに洗濯物は乾いている……たぶん。冷たいけど。

私は部屋着を脱ぎ捨てて、昼間着ていた服をそのまま着ると、クローゼットからバックパックを出した。下着と靴下を二セット、トップス二枚、ランニングパンツを一本放り込む。歯ブラシは常に持ち歩いているから大丈夫。洗顔とメイクセットのポーチも入れる。こういうときのために、家で使うものとは別に一式まとめてある。

時計を見ながらベッドを整え、取り込んだ洗濯物を見苦しくないレベルに一カ所に寄せて、ショルダーバッグとバックパックを持って家を出た。

点滅しはじめた横断歩道を急いで渡る。煌々《こうこう》と輝くガソリンスタンドに着いたとき、虹太郎くんの車がすべり込んできた。

＊＊＊

「で、たんまり証拠写真が撮れたと。やったな、お疲れさん」

今日のボスはやけに身なりがかっちりしている。

そんなことを考えながら「ありがとうございます」と報告を終えた。

慌ただしい出立《しゅったつ》から、翌々日の朝だ。

結局、ふたりの対象は伊豆に二泊した。昨日一日ホテルでゆっくり過ごし、今朝早く東京に戻ってきた。おそらくあのあと、なに食わぬ顔で出社したのだろう。

「依頼者には報告しました。これでじゅうぶんなので、調査終了していいとのことです。最終的な見積書を作りますね」

「明日にしろ。ほとんど寝てないんだろ？」

「帰りの車で寝させてもらいましたから」

デスクチェアに腰かけ、ボスがふっと笑う。私の運転センスのなさを知っているのだ。公道を運転するのはやめておけと私に言ったのはボスだ。

『そのぶんお給料を下げてもらえますか？　運転できる人に対して肩身の狭い思いをするの、いやなんです』

『おかしなわがままだな』

そういうわけで、わが社には『運転手当』なるものがある。

「依頼者は、水曜夜の夫の外出には気づいてたんだろ。なんて言ってたんだ」

「ゴルフ練習場に行くと聞かされ、信じていたそうです」

「まさかだろ？」

「そのまさかなんですよ。平日の夜、一度帰宅してから不倫相手に会いに行くとは、まさか思っていなかったと」

遅くなるから先に寝ているよう言われ、そうするつもりだったそうだ。朝はいつも、妻が起きるころには夫は出勤していて、顔を合わせることはない。さらにその次の日も、なにか理由をつけて『帰宅が遅くなる』ことにし、妻を先に寝かせてしまえば、夫が二泊一日行方をくらましていたことに、妻は気づかずに終わる。

「大胆な手口ほどバレにくいってやつか」

「虹太郎くんは家に帰しました。二班のふたりはゆうべの時点でリリースしてますので、午後からは出社するそうです」

「了解。よくやったな。お前も適当に切り上げて休め」

ボスは立ち上がると、チェアの背もたれのハンガーからスーツの上着を取った。三つ揃いのベスト姿の上に、それを羽織る。

「お出かけですか？」

「講演のお仕事だよ。こう見えてわりと人気者なんだ」

だから、どことなくちゃんとしているのか。上背があり、肩幅もあり、どんなだらけた姿勢をしていようと、体の奥底に染みついた野性を隠せないような人だ。本気で身づくろいすると迫力が出る。

「行ってらっしゃい。気をつけて」

「うん」

なにも入っていなそうに見えて実際なにも入っていない革のビジネスバッグを片手に、ボスはオフィスを出ていった。

ボスのデスクの前に立ち、ぼんやりとオフィス内を見回す。まだ朝の九時半。人がそろいはじめるのはいつも十一時ごろだ。奥の仮眠室で寝ている人がひとりいるほかは、だれも出社してきていない。

見積書に数字を流し込んだら帰ろう。そう決めたときだった。

玄関ドアのガラスの向こうに人影が見えた。

控えめなノックのあとに入ってきたのは、ひとりの女性だった。ずいぶん背が高い、というのが第一印象だ。さっと室内に視線を走らせてから、私に微笑みかける。

「すみません、チャイムのようなものが見当たらなかったものですから」

知性を感じさせる、落ち着いた声。

黒のスラックスに黒のパンプス、クリーム色のとろんとしたニット。なにげない装いに見えるが、やろうと思えばどこまでもゴージャスな格好もできる人の、くつろいだ外出着という印象を受ける。後頭部の中央でまとめられた髪は、つややかに背中で波打っており、唯一のアクセサリーは大振りのゴールドのピアス。

百七十センチはあると思われる高身長でありながら、背筋をしゃんと伸ばし、臆せずハイヒールを履いている。私はそういう人が好きだ。

「お入りください。ご予約はおありですか？」

「必要でしたら出直します」

「お相手できるのが私しかいないものですから。それでよければ」

「もちろん、かまいません」

私は奥の応接室のドアを開け、彼女を中に入れた。

ソファのひとつを手で示してから、ＰＣと名刺入れを取りに自席に戻る。再び応接室に戻ると、彼女は長い手足を水鳥のように優雅に折り、ソファに浅く腰かけていた。

「お待たせいたしました」

「夫が浮気をしているようなんです」

私がドアを閉めるか閉めないかのうちに彼女が話しだす。正確な調書を取るのはあとにして、続けてもらうことにした。

「どういったところからお気づきになりました？」

「決定的ななにかがあったわけではなく、小さなことの積み重ねです」

会話しながら、彼女の正面のオットマンに座り、応接テーブルにそっと名刺を置いて彼女のほうへすべらせる。彼女はちらっとそれに目を落とすと、話を続けた。

「帰りが遅い日に、どこに寄っていたのか聞くと、はぐらかされたり」

「なるほど」

一緒に暮らしている人間の勘は侮《あなど》れない。浮気が発覚する最初のきっかけは、たいていの場合、説明のつかない『勘』だ。

「お腹はすいていないと言うわりに、どこでなにを食べたかはっきりしなかったり。不規則な仕事のようなので、会社でカップラーメンを食べたと言われたら、納得するしかないんですけれど」

「お仕事は、なにを？」

「会社を経営しています。夫として不満はないんです。私のことも変わらず愛してくれているのがわかりますし、ふたりの時間をおろそかにされたこともありません」

「お子さんは？」

「お互い、あまり積極的に作ろうとは思わなくて。そうこうしているうちに、タイムリミットが来た気がしています。べつに後悔はしていませんが」

そうだろうなと素直に感じた。虚勢を張っているふうでもない。自分の人生を自分の意思で選び、歩いてきた人特有の安定感がある。

……この人が、相談者？

ふと疑問が頭をもたげ、確認したくなった。

「調査のご依頼でいらしたんですよね？」

彼女はまっすぐ私を見つめ返し、にっこりと目を細める。

急に、教師を前にした生徒みたいな気持ちになった。私は今、彼女からものわかりのよさを認められたのだ。

「夫の相手は、夫の会社にいます」

「だれだかわかっているんですね」

「いえ。それを知りたくてこちらに伺ったんです」

かたわらのバッグから、彼女が黒い革の名刺入れを取り出した。ほどよく整えられた指先を、フラップの中に入れる。

「相手をつきとめるための調査をご希望でしょうか？」

「つきとめるというか、どんな方なのか知りたいんです。ああ、でも……」

ふいに言葉を切って、テーブルの上の、私の名刺に目を落とした。私は反射的に口を開いていた。

「よつのやと読みます」

はっとした。彼女は満足そうな光を目に浮かべ、「それじゃあ」と微笑んだ。

「今、名前はわかりました」

一枚の名刺がゆっくりと、私の目の前に置かれる。女性ファッション誌のロゴの下に、宣伝部という部署名と肩書があり、氏名が書いてある。

【佐久あや子】

佐久……。

耳の奥で、唾を飲み込む音が響いた。

私が名刺にしっかり目を通すだけの時間を置いて、彼女は言った。

「夫は佐久雄馬といいます。ここではボスと呼ばれているとか」

応接室が、真っ暗になった気がした。

「おーい、生きてる?」

お気楽な声かけに、反応する気にもならない。

なんでよりによって今、この人に会うの。

声の主——だれであるかは見なくてもわかっている——は、うずくまる私の肩に手を置いて、ぐらんぐらんと揺らしはじめた。

強制的に手足がほどけて、ひざを抱えていられなくなる。私は顔を上げ、彼の手を振り払った。

「やめてよ」

「そっちこそ、これ見よがしに落ち込むの、やめれば？」

しばらく腕に顔をうずめていたため、急に視界に日射しが入って目がくらむ。目の奥の痛みが治まるのと同時に、黒いシルエットだった人影が秋芳隆生になった。

日陰にいたつもりが、ずいぶん時間がたっていたらしい。

そんなに『これ見よがし』だったかと周囲を確認した。会社近くの、長いこと休店中のラーメン屋の、店の脇に出しっぱなしのベンチの上。通りからはまあ、見えなくもないけれど、目を凝らせばというレベルだ。

むしろこの人、どうやって私を見つけたの？

「昼メシ食べた？」

彼はまるで友だちみたいな態度で隣に座ってきた。雨ざらしで劣化した木のベンチが、危うい音を立てる。

「そういう気分じゃない」

「べつに誘ったわけではないけどね」

思わずはーっとため息が漏れた。腹を立てる気力もない。

「顔色が悪いよ」

「でしょうね」

「なにかあったの?」

あなたに関係ない、と言う前に、彼が続ける。

「あのかっこいい社長さんとの関係が、職場にばれたとか?」

爆弾が落ちてきたような衝撃だった。

愕然《がくぜん》として見つめる私を、彼が眉を上げて笑う。

「まさか、本当にだれも知らないと思ってたわけじゃないでしょ?」

この男に対して抱いていた、何者なんだろうという疑念が、一気に『警戒』に変わった。頭の中で警光灯が回転する。何者であろうと、少なくとも私の味方じゃない。

「はい、逃げると思った。ちょっと待ちなよ」

腰を浮かせた瞬間、腕をつかんで引き戻された。

「逃げるとか、人聞きの悪いこと言わないで。もとから帰るところだったの」

「また『帰るところ』なの？　平日の昼間に」

「本当のことだし。ねえ、放してよ」

「なんでそんな不毛なことしてるの？　俺そういうの、ほんと理解できない」

「あなたが奥さんに言ったの？」

自分でもびっくりするほどきつい声が出た。

「なに？」

彼がきょとんと目を見開く。

明るい色の瞳が、春の昼どきの日射しを取り込んでガラスみたいに透き通っている。目にかかる前髪も、日に透けて金色だ。

急に力が抜けて、座っているのも億劫になった。くたっと首が垂れる。

「なんでもない。ごめんなさい」

「奥さんにばれたの？」

「その話はしたくない」

「いい機会じゃん。いつまでも続けられるわけじゃないんだし。足を洗いなよ」

「犯罪者みたいに……」

言わないで、と言えた立場じゃないことに気づいて口をつぐんだ。

ふと、煙が鼻先に漂ってくる。隣を見てぎょっとした。

「煙草を吸う気？　こんなところで？」

「吸うために来たんだよ。あんたこそ、ここをどこだと思ってるわけ？」

彼が指を差したほうを振り返る。ベンチの奥には、スタンドタイプの灰皿が置いてあった。なるほど、どうりでそんな匂いがすると思ったら、ここは喫煙所なのだ。とはいえお店が閉まっているのに利用するのはどうなのか。

まあ、それを言ったら私だって同じだ。私有地に入っているんだから。

私は手を伸ばし、年季の入ったスタンド灰皿の軸を、なるべく指先だけでつまむように持って、彼の前に移動させた。

「ありがと」

「よくないことをしてるとは、思ってた。当然」

錆だか塗料だか、よくわからない汚れがついた指先をジーンズで拭う。彼が深々と煙草を吸って、ふうっと空中に煙を吐き出した。

たまたま利き手が右手だからなのか、それとも一応気を使っているのか、私から遠いほうの手で煙草を持ち、煙が直接かからないようにしてくれている。

まあ、じゅうぶん匂うけれど。でも私は煙草の匂いは気にならない。

パーカーのポケットに片手を突っ込んで、彼が首をかしげる。

「よくはないけど、悪いこととも思ってなかったってこと？」

「『罪』かどうかは……」

両手をこすり合わせた。応接室での一件以来、冷えてしかたないのだ。

「……私が決めることじゃないと思ってた」
ハ、と鼻で笑う声が聞こえた気がした。だけど彼を見たらそんな表情はしておらず、私の被害妄想だったとわかった。
提げたままのショルダーバッグを体の前で抱える。

「これからどうするの？」

「まずは、ボスと話さなくちゃ……」

「そうだね、それがいいよ。がんばって」

いかにも心のこもっていない激励のようでいて、口先だけにも聞こえない。思いがけず、この人の親身な情に触れた気がして、まじまじと顔を見つめる。

「あなた……」

『あなた、だれ?』でしょ? そんなの、こんな立ち話に毛が生えたような会話で知り尽くせるわけないじゃん。早く行きなよ、帰るところなんでしょ」

あなたが引き止めたんじゃなかったっけ?

しっしっと追い立てられ、再び腰を上げた。ふらつきながらも、まっすぐ立つことができた。ここへたどり着いたときは、どこもかしこも傾いていて、垂直も水平もわからなくなっていたのだ。

おぼつかない足取りで、彼の前を通り過ぎる。

「俺、明日も同じくらいの時間に、このへんにいるよ」

どう返事したらいいのかわからず、あいまいにうなずいて駅に向かった。

家は二日前に出ていったときのままだった。あたりまえだ。

虹太郎くんから連絡をもらって飛び出したときは、戦果を手に帰ってくることだけを想像していたのに。

尾行中、ほぼ車の中にいたので、靴を脱いで室内に上がると解放感がある。だけど今はそんな感覚も、現実味のない緊迫感を助長しているように思える。

手を洗いながら、まず今からなにをすべきか考えた。講演の仕事ということは、ボスは終日外出のはずだ。探偵社や興信所のスタッフになろうとする人たちに向けたセミナーは定期的に開催されており、彼は元警察官ということもあってよく呼ばれる。何時に終わるだろう。主催側から食事に招かれたりする可能性もある。終わったら会えないか、尋ねる伝言を残しておくしかない。そう伝えること自体がもう、なにかあったと言っているようなものなのに。

戸棚から新しいタオルを出して手を拭いた。しっかり乾くまで拭ききると、少し心が落ち着いた。私は手を洗うのが好きだ。ハンドソープで手首や指の間まで洗い、水気を完全に拭き取ると、全身がきれいになったような気になる。

スマホを取り出し、なんでもないふうを装うために、ベッドに寝転がった。ボスとのメッセージ画面には、業務連絡のログしかない。個人的なやりとりを消去しているわけではなく、そもそもほとんどの連絡が電話なのだ。

『今日どこかで会えますか？』

推敲もせず、気が急くに任せて送信ボタンを押した。あれこれ考えはじめたが最後、送れなくなるんじゃないかと思ったからだ。

すぐ画面を消して枕元に置いた。もう昼の休憩も済んでいるだろう。次の休憩に入るまで、一時間くらいはスマホを見ない可能性もある。

部屋着に着替えて少し寝よう。

そう思ってベッドを下りた瞬間、スマホが鳴りだした。

びくっと、滑稽なほど体が震える。

ボスだ。

まずい、こんなにすぐ会話をするはめになるとは思っていなかった。なにを言えばいいのか、まったくまとまっていない。

とはいえ、習慣で、もう手はスマホをつかんでいる。ボスからの電話に、最速で応じなかったことなんてないのだ。

「はい」

『どうした。なにかあったか』

「すみません、仕事中に……」

突然、声が出なくなった。

喉の奥に熱い塊が詰まったようになって、熱いしずくが頬を転がり落ちる。

私、泣いてる。

「……あの」

意味もなく部屋の中を歩き回る。鼻をすすったら泣いていることがばれてしまうので、ティッシュを鼻に押しあてて、ついでに涙もそれに吸わせた。

唇がわなわなと震えて、声が出せない。

嗚咽《おえつ》が漏れそうになるのを、ティッシュで押さえた。

なにかおかしいと、ボスはもう気づいているに決まっている。もっと時間を置いてから連絡すべきだった。このあともボスは仕事なのに、気を揉ませることになる。

『昼を食べそびれて、やっと出られたんだ』

ふいにボスが、雑談を始めた。

いつもどおりの、けだるげな、だけど会話自体は楽しんでいることがわかる、不思議に人好きのする声で。

『このあたり、前にお前と来たよな？ そのときに行った蕎麦屋を探してみようと思ってる。三十分で探して食って出られるかな』

音の響き具合が変わった気がする。言っているとおり、屋外に出たのかもしれない。

目に浮かぶ。背の高いボスが、春の午後の街並みを、ベスト姿で、片手をスラックスのポケットに入れて、店を探しながらぶらつく姿。

落ち着いてきた。

「お話があるので、会えますか」

『七時にこっちを出られるはずだ。八時前にはそっちに寄るよ』

「すみません」

『あとでな』

通話を終えたときには、呼吸はもとに戻っていた。

涙はまだ止まっていない。前の涙がつけた痕を塗り直すみたいに、じわじわとあふれて頰を濡らし続けている。

私にはボスが必要なのに。

きっとこれでもう、終わり。


暗くなりはじめる前に眠ってしまったらしい。インターホンの音ではっと目覚めたとき、部屋が真っ暗で驚いた。

玄関口のフットライトを頼りに部屋の入り口まで行き、照明のスイッチを入れる。その流れで玄関まで行き、チェーンをはずして鍵を開けた。

外は強い風が吹いていて、開けたドアを持っていかれそうになった。ドアと一緒に外廊下に転げ出そうになった私を、ボスがドアごと支えてくれる。

「すみません」

「おかしな天気だな」

彼はそう言って、少し微笑んだ。

スーツから外出の匂いがする。電車や雑踏の匂い、屋外の埃の匂い、生地に混ざったウールの匂い、その奥に潜む、香水の匂いと体温の気配。

吸い込んだら、また絶望が押し寄せてきた。

振り切るように廊下に上がり、スニーカーやサンダルを寄せて、ボスが靴を脱ぐスペースを作る。

「とりあえず、中へどうぞ」

「ここでいいよ」

ボスが後ろ手にドアを閉める。古い建物は天井が低い。狭いたたきにボスが立つと、ほとんど空間を占領してしまう。

「どうした」

穏やかな声。抱きつきたかったけれど、耐えた。

「奥さまが、会社に」

悪事を白状する子どもみたいに、情けなく声はつっかえ、震える。

ボスの目がわずかに見開かれ、それから、私を案じるような色を帯びた。私は再び垂れてきた涙がわずらわしくて、泣き腫《は》らした顔を手でこすった。

「ボスの相手のことを知りたいと、調査依頼に」

「そうか」

「これを置いていかれました」

私は部屋に行き、ショルダーバッグから封筒を取って戻った。

受け取ったボスが、中を確認する。そこには『着手金』だと言って彼女が置いていった三万円が入っている。

『これで足ります?』

『受け取れません』

『なんらかの報告をお待ちしています』

『待ってください』

待たずに彼女は去った。

うまい方法だ。現金が社内に存在する以上、私はこのことを、会社に秘密にしてはおけない。金庫にそっと忍ばせておいても、すぐに経理が気づくだろう。

すなわち調査依頼があったことをデータベースに登録しなくてはならず、そうしたら依頼者の名前を伏せておくことはできない。そしてすべての案件は、ボスが目を通し、決裁する。

彼女がここへ来たことを、もみ消すのは不可能だ。

ひとりきりのオフィスでそれを悟ったとき、私は愕然とした。

「あいつらしいな」

ボスがふっと目を細める。それから封筒を上着の内ポケットに入れ、私を安心させるようにうなずいた。

「俺が話しておく。怖い思いをしただろう、悪かった」

「ボス……」

「お前は心配しなくていい。俺の問題だ」

「……ボスは」

大きな手が、私の頭をくしゃっとなでた。いつも手首につけている香水が、鼻先でひときわ濃く香る。

ボス、とつぶやくと、その声の頼りなさにあきれたみたいに、彼が苦笑した。

ふとその笑みを消して、私を見つめる。

「悪かったな、本当に」

謝らないで。

悪かったって、なにがです？

ボスは出ていった。

きっと彼は二度と、ここには来ない。

私は玄関に佇んで、ボスが立っていた場所を眺めていた。

やがて、大粒の雨が窓を叩く音が聞こえはじめた。

＊＊＊

しとしと降る雨の中、彼は言っていたとおり、そこにいた。

傘もささずにパーカーのフードをかぶり、ベンチに座っている。私がそばへ行くと、じっとこちらの顔を見上げ、口を開いた。

「この時間から飲めるところ、知ってるよ」

そしておどけるように、ひょいと肩をすくめる。

「もし、『帰るところ』じゃなければ、だけど」

私は笑おうとしたものの、うまくいかず。

「連れてって」

腫れてほとんど開かない目で、傘の下から彼を見つめ返した。

彼が案内してくれたのは、ひと駅ほどの距離を歩いたところにある、朝から深夜まで開いている小さな居酒屋だった。

昼どきだというのに、いや、昼どきだからなのか、四つあるテーブル席は満席だ。私たちはカウンター席の隅に並んで座り、べたべたするメニューを開いた。

「探偵さんって、普段どんな仕事してるの?」

注文したと思ったら、もうジョッキビールが運ばれてきた。とりあえず乾杯し、突き出しに箸をつける。なんだ、このそら豆、おいしい。

「たぶん想像とそんなに変わらないと思う。浮気調査とか、身辺調査とか。個人からの依頼もあるし、法人からの依頼もけっこう多いの。そもそもなんで私の仕事を知ってるの?」

「おたくの事務所のすぐ近くで仕事してたことがあるから」

そうなのか!

ようやく謎がひとつ解けた。

「ご近所さんだったのね」

「いや、そうとは言わないかな」

「情報を出し惜しみするのも、いい加減にしてくれない？」

今日こそはこういうやりとりはないと思っていたのに。

そう言っている間にもトマトのサラダが運ばれてくる。湯むきしたトマトの中に、なにかが詰め込まれている。おいしい。

「説明を始めると長くなるからさ。人捜しもするの？　俺の父親、小学生のころ蒸発しちゃったんだけど、見つけて養育費を払わせること、できないのかな」

「払わせられるかはともかく、うち、人捜しはしてないの。会社の方針で」

「なんで？」

「正当な理由があって捜してるのかどうか、わからないから。命を懸けて行方をくらましてる人もいるわけだし」

「確かにね」

「お父さんを見つけたいの？」

「いや、全然。たんにちょうどいい話題だっただけ」

なんなの？

私は、次々出てくる料理がどれも独特でおいしいことに驚いていた。失礼ながら、店構えからは味に期待ができる気はしなかったからだ。

「あんた、いい人だね」

「急に、なに？」

「俺が父親を見つけたいって言ったら、捜す方法を教えてくれるつもりだったんじゃない？」

「まあ、使える知恵くらいは授けられるかもって思ったけど……」

「そういうとこ」

彼は焼いたししゃもに手を伸ばすと、手づかみでバリバリと頭から食べた。お上品ではないけれど、行儀は悪くないし、お箸の使いかたもうまい。

お父さんが消えているとはいえ、健全な育ちをしていそうだ。

「『会社の方針』ていうのは、つまり、あのかっこいい社長さんの？」

なにげなさを装って、食べながら「そう」とうなずいた。とはいえそれで逃がしてもらえるわけもない。案の定、彼は大げさにため息をついてみせる。

「俺がインタビューでもしたほうがいい？」

「そんなに聞きたいわけ？」

「話したくて来たんでしょ?」

「聞いてほしくて来たの」

「ほんの微差じゃん」

「真逆じゃない?」

つまらない意地を張る私をじっと見て、彼がぷっと吹き出した。

「なに?」

「『聞いてほしくて来た』んだ」

……あたりまえじゃないか。そうじゃなければ来ない。

私はむっとして、焼き鳥をかじった。

「じゃあ、なれそめから聞かせてよ。あのハードボイルドな社長さんが、気軽にスタッフに手を出すとは思えないんだよね。あんたが誘ったの?」

「つけ込んだの」

「弱みでも握った?」

鶏皮の脂が唇を汚す。それを指で拭いながら、九年前のことを思い出した。

「罪悪感を利用したの」

あの日も今日みたいに、雨だった。

私には、学生時代からつきあっている相手がいた。

進学を機に地方から上京し、自由になった私は、興味の赴くまま飲み会に参加し、世間にはいろいろな人がいることを目の当たりにして楽しんでいた。

ある飲み会で、地元が同じという男の子に会った。それが興野《おきの》誠《まこと》だ。

面識はなかったけれど中学校の学区が隣で、しかも同い年。お互いの高校にお互いの知り合いがいたりして話題に事欠かず、すぐに関係が発展した。会話した時間が多いと仲が深まった気になるという、若さゆえの認知の甘さだ。

出会った当時、彼は警視庁の警察学校を卒業したばかりで、地域課という部署で、いわゆる『お巡りさん』をやっていた。

地域課での勤務が終わったら刑事部に行きたいという夢は、二年後に叶った。そして一年もしないうちに亡くなった。

「……殉職ってこと？」

想像していたエピソードと違ったのか、秋芳隆生が遠慮がちに質問する。

「ううん。プライベートの飲み会で、ハイペースで飲んで、倒れて運ばれて、急性アルコール中毒でそのままっていう」

「そりゃあ……残念だね」

「ほんと、残念な亡くなりかただよね」

私は誠の家族とも何度か会っていたので、親族の嘆きの輪に入れてもらっていた。彼の母親の嘆きは特に深く、だれかが無理に飲ませたのだと言って、気持ちのやり場を探していた。

だけど私は納得していた。誠は強いられなくても、無茶をする。

「酒飲みって意味じゃなくてね。すべてにおいて、期待に過剰に応えようとするっていうか、やりすぎるっていうか」

「ああ、いるね」

「搬送されたときに飲んでたメンバーは、私も知り合いだったの。だからすぐに連絡をくれたんだけど、正直、私、搬送されたこと自体には驚かなかった」

いつかそんなこともあるだろうと思っていた。

よく言えばサービス精神旺盛。見かたを変えれば、目先の満足のためにつまらない無茶をする、危うい人。

「そのまま亡くなっちゃったのは、さすがに驚いたし、ショックだったけど……」

そのころ、私はもう保育士として働いていた。学生時代から漠然と抱いていた、彼に対する違和感は、社会人になってみると、あきらかな不安材料に変わった。

悪い人じゃない。話しているだけなら楽しくて、私への愛情もたぶん本物だった。だけどどこかふわふわしていて、人としての安定感に欠けていた。彼と家庭を築くとか、人生を共にするとか、そういうことは考えられない。

別れようと決めた。

「それを本人に言おうとした矢先だったの」

「宙ぶらりんになっちゃったわけか……」

「もちろん向こうの家族には、絶対言えなかった。勝手な言いぶんだけど、彼の名誉を守りたくもあったし。でもそんな状態でお悔やみをもらったり励まされたり、恋人を突然亡くした気の毒な人間ぶってるのが、正直、本気できつくてね」

頼んだ覚えのない二杯目のビールが運ばれてくる。どうやら秋芳隆生は、本気ですべて話させるつもりらしい。

私は残り少なくなっていた一杯目を空にし、二杯目に口をつけた。

「どこで社長さんが出てくるの？」

「告別式の日に、私のところにお悔やみを言いに来てくれたの。私の写真を見てたらしくて、顔を覚えてたんだって」

秋芳隆生が、少しの間、頭の中を整理するように首をひねる。

「どういう関係で？」

「亡くなった彼の、刑事部の上司」

「てことはあの人、元刑事？　イメージどおりにもほどがあるね」

「やっぱりそう？」

あの日、ボスは仕事で、焼香の時間には来られなかった。なんとか出棺には間に合うよう駆けつけたのだと言っていた。

それを聞いたときは、誠は上司とうまくいっていたんだなと、自分の職場の環境と照らし合わせてうらやましくなったりもしたんだけれど、今ならわかる。ボスはたとえそりの合わない部下の葬儀でも、同じ努力をするだろう。

親族用の控室にいていいよと言われていた私は、さすがにそれはと固辞し、一般の控室で出棺の時刻を待っていた。ただそこも、顔見知りが多いだけに気詰まりで、私はコートを抱えてそっと抜け出し、ひとりになれる場所を探した。

建物の外廊下は、ぐるりとひさしが張り出していて、雨をよけることができた。途中に、アルコーブというのか、くぼんだ休憩スペースのようなところがあって、私はそこのベンチに腰かけ、どう気持ちを整理するか思案していた。

ふと煙草の匂いがしたので、顔を上げると、男性が立っていた。

思わず私も立ち上がった。ここは実は喫煙スペースで、彼が煙草を吸いに来たのだと思ったからだ。吸わない人間がいたら、吸いづらいだろう。

ところが彼は、名刺入れを取り出した。

『失礼ですが、乗みつるさん、ですか』

片手にグレーのコートと鞄を持ち、片手で名刺を差し出している。煙草の匂いのもとは、そのコートだと気がついた。

まるで警察みたいな口調だなと思って名刺を見たら、本当に警察官だった。こんなときじゃなければ笑っていたに違いない。

『そうですが』

『興野さんからたびたび、お名前を聞いていました。このたびは残念なことで、心からお悔やみを申し上げます』

ブラックスーツの上で、息が白く曇っていた。

九年前のボスは今よりはるかに雰囲気が尖っていて、緊張を強いられる仕事をしている人らしい、隙のない物腰をしていた。

私は受け取った名刺をしげしげと眺めた。こういうときは警察手帳でなく、名刺を使うのかと物珍しかったからだ。

『誠の、上司の方ですか』

『ええ、こんなことになり、申し訳ありませんでした』

『……誠は仕事で飲んでたわけじゃないですよね？』

『それでも』

革靴にはまだ水滴がついていた。

『いつになく飲んだ理由の中に、仕事のストレスがあったかもしれない。正しい吐き出しかたを教えなかったのは、私の責任でもあります』

私はこのときはじめて、この低い、深い声の持ち主の顔をじっくりと見た。言葉ほどの同情は表情からは読み取れず、かといって適当なことを言っているようにも見えない。その冷静さは、むしろ真摯に感じられた。

『……佐久、さんのせいでは、ないと思います』

名刺を確認しながら私は言った。佐久警部補という名前を、誠の口から聞いたことがあった気もする。語られたエピソードを覚えていないのが残念だった。

彼がなにも言わないので、名刺から彼の顔へと視線を移す。

目が合うと彼は、少しだけ目を細めた。微笑みとまではいかないものの、厳しい印象がぐっと和らいで、優しくなる。

ああ、と納得した。

この人は、誠の危なっかしさに気づいていたのだ。気づいていながら、誠の死の原因の一部を、背負おうとしてくれた。

改めて、この人の部下でいられた誠のことを、うらやましいと思った。

――もう一度会いたい。

強く念じたのが効いたのか、再会はすぐだった。

春先、買い物に出た先の喫茶店に、先客として彼がいた。同僚らしき男性とコーヒーを飲んでいた彼は、隣の席に案内された私と目が合った瞬間、煙草を持った手を止めた。喫煙可の飲食店も多かった時代だ。

私は会釈をし、彼も会釈を返す。彼の連れが不思議そうに言った。

『佐久さん、お知り合いですか?』

『お前も写真を見たことがあるだろう、興野の』

私は、彼が私のことを覚えていたとわかっただけで、有頂天になりかけた。

男性が気を回し、『僕、先に戻ってますね』と出ていった。ボスは遠慮がちに、『よければ』と、あいた席に私を招き、私はそれに応じた。

十五分くらい、コーヒーを飲みながら会話した。それが二回目の記憶。

「そのころ、職場がなかなかのブラックで、私、あまり元気じゃなくてね。向こうはそれを、まだ立ち直ってないせいだと思ったみたい」

「さてはそれを利用した？」

私はうなずいた。当時を振り返ると、自分の図々しさにあきれる。

「『力になれるかもしれませんから』って、プライベートの番号をくれたの。あとから考えれば、生前の誠を知ってる人とか、カウンセラーを紹介するって意味だったんだと思うんだけど、私はもう、また会えるってことしか頭になくて」

「あんたさあ、探偵みたいな仕事をするには、ちょっと無邪気すぎない？」

「厚意を利用する気まんまんなのに？」

「そんなかわいい下心は、邪気って言わないよ」

不覚にも、顔が赤らむのがわかった。

ごまかしたくなって、話題を変えることにする。

「いい加減、あなたのことも教えてくれていいと思うんだけど」

「本職でしょ？」

「調査しろってこと？」

「知りたいならいくらでも教えるけどさ、九月二十日生まれ、B型、身長はちょっとサバ読んで一八〇」

「そういう表面的な情報じゃなくて。私、そんな話、しなかったでしょ」

「『私が話したぶん、私がしたのと同じような話をして』ってこと？　なにそれ、対価を要求されてるの、俺？　こっちが聞いてあげてる立場だと思ってた」

もういい。

ああ言えばこう言うし、しかもだいたいそれが的を射ているし、本当にこの男と話をしていると頭に来てばかりだ。

私はビールを飲み干し、半端に残っていたお皿もすべて空にして、背もたれにかけていたブルゾンとバッグを取り上げた。

癪に障る男と飲んでいても、ここの料理は本当においしい。

「帰る」

「めちゃくちゃいいところで話が終わってるよ」

「あとは想像どおりじゃないかな。私は『まだつらい』ふりをして彼に連絡を取って、親しくなってった。退職して今の会社を起ち上げるって彼から聞いたとき、雇ってくれって頼み込んだの。それが六年前」

「探偵になりたかったの？　彼の下で働きたかったの？」

「両方。最初の年に私、ヘマをして暴力沙汰に巻き込まれてね。ボスは自分がこの業界に引き入れたせいだって、まあそう言いはしないけど、相当責任を感じて。私はそれを最大限利用することにしたの。関係を持ったのはそのとき」

背の高い椅子から下りて、ブルゾンを羽織る。ショルダーバッグを身に着ける私を、秋芳隆生は頬杖をついて見守っていた。

「その、『そのとき』の部分が聞きたいんだけどなあ」

「お相手との最初の夜についてくわしく知りたいって言ったら、あなた、話すわけ？」

「俺は今フリーだし、直近の記憶は夜じゃなくて真っ昼間の屋外だね。聞く？」

「ねえ、ほんとに、なにをしてる人なの？」

何度目かの問いも、肩をすくめられて終わる。私はバッグから財布を出した。

「これで足りる？」

たいして飲んでいないし、割り勘ぶんには確実になっているだろうと、財布に入っていた千円札を全部、つまり四枚、差し出した。

笑みを浮かべながら、彼がその中の二枚だけをゆっくり抜き取る。

「俺が無理やり誘ったようなもんだし、これでいいよ」

「ありがと」

無理やり誘われたんだったか定かでないが、まあいい。

「またね」

入り口横の傘立てで自分の傘を探していると、そう声をかけられた。

振り向くと、頬杖をついたまま、秋芳隆生がひらひら手を振っている。少し迷って、

「うん」と返事をして店を出た。

外は生ぬるい風が吹いていたものの雨は上がっていて、分厚い雲の割れ目から、白い太陽が見えていた。

傘をくるくると閉じて、駅のほうへ歩きだす。

するとバッグの中でスマホが震えた。画面にボスの名前が見える。

ぎくっとしつつ、ほっとしている自分もいる。ボスの名前を見ただけで安心するのだ。これはもう刷り込みだ。

「はい」

『休みの日に悪い。今日、出てこられるか？　無理なら今度でもいいんだが』

口調からして、だれかが一緒にいるようだ。昨日の話の続きじゃなくてよかった。

緊急事態でも起こって、スタッフを集めているのかもしれない。

「ちょうど近くにいるので、すぐ行きます」

『急がなくていいぞ、普通に来い』

「はい」

唯一持ち歩いているメイク直し道具である、パウダーのコンパクトを開いて、まぶたの腫れが引いていることを鏡で確かめてから、歩く速度を上げた。

『退職？　警察を辞めるんですか？』

『キャリアでもないし、昇進ももうこれで頭打ちだ。そろそろ違う人生を模索したっていいだろ』

ボスがそう言ったのは、定期的に会うようになって三年がたったころだった。

寡黙で人づきあいが悪そうに見えるボスは、実は聞き上手で、話がおもしろい。最初はたぶん、私の生存確認のようなつもりで会ってくれていたと思う。だけど私がしつこく誘ううち、私たちは歳の離れた飲み仲間のような関係になっていた。

ボスの仕事は、いつが休みでいつ仕事が終わるのか、まったく把握できないめちゃくちゃさで、やがて私は、向こうの都合は気にせず、会いたくなったら電話をするようになった。いつでも電話に出るとはかぎらなかったけれど、ボスは必ず折り返し連絡をくれたし、私の希望した日程が無理でも、いつどこでなら二時間くらい会える、とか、具体的に私の『会いたい』に応えてくれた。

『辞めたあとは、なにをするんです？』

『探偵事務所を起ち上げようと思ってる。準備は済んでるから、あとはまあ、少し休みを取ってゆっくりしたら、再始動ってとこだな』

『探偵って、資格とか免許とか……』

『いらない。業者としては公安に届け出が必要だが、スタッフは研修を受けるだけだ。とはいえなあ……わりと適性がいるんだよなあ』

『私を雇ってください』

ダイニングバーで、テーブルに身を乗り出した私に、ボスが目を丸くした。

『いや……ないだろ』

『どうして？　研修はまじめに受けます。体力だってあるし』

『今の仕事は』

『辞めます。言ったでしょう、私は保育士の仕事は好きですが、それだけが生きがいとも思っていませんし、今の職場は最悪です』

『危ないこともあるぞ、たぶん』

『私の人生です』

その次に会ったときには、私はもう職場に退職願を提出していた。


人が集まっているかと思った事務所はがらんとしていた。

ライトもついていないオフィスに入っていくと、奥のデスクで、ボスとその横のだれかが、こっちだというようにそろって手をあげた。うしろの窓からの逆光で、だれだか見えない。

顔を判別しようと、体を左右に揺らしながら近づいていくと、「相変わらずだな、ジョー」とおかしそうな声がした。それでわかった。

「橘《たちばな》さん!」

半年ほど前までここで働いていた先輩社員だ。元銀行員。

「久しぶり。元気そうだけど……ちょっと痩せたか? ちゃんと食べてるか?」

「食べてますよ、今も満腹です。今日はどうして?」

橘さんは今もスーツを清潔に着こなし、ビジネスマンのような見た目をしている。

大学時代は体育会系だったというだけあって、体つきもいい。開業してすぐ求人に応慕してきた人で、年齢が近いせいかボスと仲がよかった。

彼が「俺から言っていいですか？」とボスを見た。自席の椅子に深く腰かけたボスが、「うん」とうなずく。

「俺がボスに相談しながら独立準備を進めてたのは知ってるよな。やっと用意が整ったんだ」

「すごい。おめでとうございます」

「ジョー、俺のところに来てくれないか？」

「はい？」

私はデスクの前に突っ立って、助けを求める子どもみたいに、思わずボスを見た。目ざとくそれに気づいた橘さんが言い添える。

「俺のほうから、ジョーがほしいってボスにお願いしたんだよ。優秀な経験者がいると違うから。もちろん本人の意向が最重要だけど。考えてみてくれないか」

「……ええっと、お返事はいつまでにすれば」

「可能性がゼロじゃないなら、来週、うちのスタッフを交えて条件の話をさせてもらって、そこから二週間くらいでどうだろう」

ボスは私の視線を受け止めつつ、なにも言わない。

私は正直、青天の霹靂《へきれき》というか、こういう形でボスと離れることもあると、想像したことすらなかったので、若干の思考停止に陥っていた。

「はい、じゃあ、それで」

「よかった。このあと、虹太郎にも声をかけるつもりなんだ。ジョーに初手《しょて》で振られはしなかったって伝えられるな。それじゃ、また連絡する」

「はい」

橘さんが機嫌よく去っていくと、フロアは私とボスだけになった。

なにを言えばいいのかわからない。

ボスが、気まずさを払拭するように唇を指でかいて、ふっと笑った。

「ちょっと、タイミングが微妙だったよな」

ボスの笑顔を見て、力が抜ける。私もへらっと笑みのようなものを浮かべた。

「ですね」

「お前を放出しようとしたわけじゃない。そこのところはわかれよ。橘が連絡してきたのも今朝だ」

「ええ、わかってます」

「うちには痛手だが、信頼できる同業他社ができるのは悪くない。橘のところとは協力関係になると思う。行くならその礎《いしずえ》を作るつもりで行ってこい」

「育てた人材をただ渡すなんて、人がよすぎませんか」

「この歳になると、他人の挑戦もうれしくなるもんなんだよ」

ボスがデスクの上をざっと片づけ、引出しに鍵をかけてから立ち上がった。今日はスーツに手ぶらで来たらしい。

心の奥がずきんと痛んだ。私のことも、挑戦を応援しているような気持ちだったんだろうと、想像がついたからだ。

「私、行ったほうがいいですか」

上着を羽織りながら、ボスが言葉を選ぶように目を伏せる。たぶん、刑事だったころみたいに、煙草があればなあと考えているに違いない。

「お前の好きにしろっていうのは、無責任か」

「そうですね、状況を考えると、ずるいかと」

「お前の聞きかただってじゅうぶん、ずるいぞ」

心外そうな、すねた声を出すので、笑ってしまった。ボスも表情をゆるめ、スラックスのポケットに片手を入れる。

「でもまあ、お前の成長には、いい機会だと思う。それは確かだ」

「私、断る権利もありますか？　断ったら、まだここに置いてもらえますか？」

予想外のことを聞いたとでもいうように、ボスがぱっと私を見た。まじまじと私の顔をのぞき込み、はっきりと言う。

「あたりまえだろ」

……あたりまえなのか。

そう言ってもらったら、ふっと気が軽くなった。

私、ここにいてもいいんだ。

「……じゃあ、もう少し考えてみます」

「うん」

この件での会話は、これで終わったはずだった。だけど場の空気は終わりを告げてはおらず、私とボスは変わらず、デスクを挟んで向き合っている。

聞きたいことがある。話したいこともある。というより、今を逃したら二度と話題に出せないであろうことが、喉の奥で暴れている。

バッグのファスナーの金具を手の中でいじりながら、いけ、と自分に念じた。

「……あの」

「お前がほしがりそうな言葉は、やらないって決めたんだ」

ボスの穏やかな声が先手を打つ。

私は顔を上げた。ということは、いつの間にかうつむいていたわけだ。

こんなときなのに、窓の外はぐんぐん晴れ間が広がって、のんきな水色の空が顔を出している。

「どうしてですか」

「そろそろ少し、厳しい上司になるのもいいかと思って」

答えになっていないし、そんな優しい顔で言う？

「……私のこと、どう思ってました？」

ボスは黙っている。

「私の希望に応えてくれたのは、私が心配だったから？」

彼の革靴の底が、足を踏みかえたとき、コツッと鳴った。

「ああ」

うそ。

「ほかには？　同情とか、罪悪感とか、責任感とか、そういうのじゃなくて。ほかになにか、なかったですか？」

「なかったよ」

うそ。うそだ。うそ。

両手をぐっと握りしめる。力が入りきらなくて、もどかしくうずく。

少しくらい、最後に甘やかしてくれたっていいのに。関係を続けたいなんてわがままを言うつもりはない。ただ聞きたいだけなのに。

「私のこと、少しでも……好きでした？」

雲が動いたのか、急に日が差し込んで、窓辺を明るく照らした。ボスの視線が、ちらっと空のほうを向いて、また私に戻る。

「大事な部下だよ」

「私がボスのこと、本気で好きなのは、気づいてました？」

押し出すように吐いた言葉は、情けないほど弱々しい声になった。

ボスの口が、なにかを言おうとして、少し開く。けれどそのまま考え込むように視線を落とすと、彼は口をつぐんでしまった。

「ボス……」

そのとき、入り口のドアが開いた。

私たちふたりの視線を浴びて、「あら」と目をしばたたかせているのは、佐久あや子さん――ボスの、奥さんだ。

「ごめんなさい、あなたひとりかと思ったの。橘さんとすれ違ったから」

春らしい、明るい色のニットに白いパンツ。休日らしく、まとめられていない髪が、ほっそりした鎖骨の上でひと房揺れている。

「どうした」

「近くで仕事してたの。といっても撮影をちょっとのぞくだけだけど。無事に終わりそうだし、あなたを誘って帰ろうと思って。買い物でもしていかない？」

コツコツと控えめな音をさせて、彼女がこちらへ来る。

耳の中で、ボスの『どうした』という声がこだました。聞いたことのない響きだった。問い詰めるような鋭さも、かといって返事を促すような優しさもない。対等な相手に投げかける、純粋な問いかけの響き。

あれがたぶん、ボスの最もフラットな『どうした』なんだろう。

「こんにちは」

私の横まで来ると、彼女はそう言って私に微笑みかけた。

「……こんにちは」

「ジョー、施錠を任せていいか」

ボスがデスクのこちら側へ来た。私ははっと背筋を正す。

「はい」

彼が奥さんの横に並んだとき、私は覚悟はしていたものの、血管に鉛でも流し込まれたような息苦しさを感じた。

たぶん無意識に、奥さんと少し体が重なる位置にボスは立った。パーソナルスペースの概念すら知らないみたいに。

夫婦ってこういうものなんだ。ふたりでひとつ。

体の関係を持った人間同士は、見れば察しのつく距離の近さがある。だけどふたりからは、そんな一時的なものとは違う、寄り添って歩いてきた人間だけが出せる、動かしがたい結びつきみたいなものが、はっきりと感じられた。

「行こう」

「うん」

返事をしながらも、あや子さんはボスがドアのほうへ行くのに任せ、その場を動かなかった。冷静な瞳が、私をじっと見つめる。

「……私、謝るべきでしょうか」

「謝罪を求めているかと言われたらノーだけど、あなたがどんなふうに頭を下げるか見てみたいっていう意味なら、イエス」

負けだ。私の完全な負け。

なにが負けかって、向こうは勝った気になんてなっていないところだ。小娘が歳だけ食ったような私のことなんか、相手にもしていない。

「それじゃ、お邪魔しました」

彼女はすっと私の前からいなくなり、軽い足音を立ててボスに追いついた。

だれもいなくなったフロアに、ひとり佇む。

さあっと光が変化して、日射しが夕方の色を帯びた。強風でちぎれた雲が、太陽の前を次から次へ横切っているに違いない。差し込む日射しが忙しなく強弱する。

すべてが早回しで進んでいるみたいで、時間の感覚がなくなりそうだ。

私はのろのろとオフィスを出て、電子錠の暗証番号を打ち込んだ。

見えないどこかで、錠の下りる音がした。

自宅の最寄り駅のすぐそばに銭湯がある。

いつも、だれが利用するんだろうと不思議だったそこに、入ることにした。

打ちのめされた気分のときは、普段はしない冒険をして、自分はそこそこやれると自己肯定感を上げるにかぎる。

その前に、銭湯の隣にある衣料品店に入った。銭湯以上に、だれが利用するんだろうと不思議になる店だ。毒々しい花や虎の絵がプリントされた服の中から、シンプルな黒の上下をなんとか選び出し、レジにいる女性に、下着はないかと尋ねる。

着圧式のものならあるということなのでそれを買って、銭湯に行った。

中は古典的なタイル張りの浴場で、古いながらも清潔だった。夕方前という半端な時間だからか、女湯は私のほかにひとりしかいない。

湯舟に浸かりながら、今日は感じのいい店で外食をして早めに寝よう、と決める。なにがあろうと人生は続く。そして人生は、日常の積み重ねだ。

左のひじの近くに、肌のきめがなくなっている部分がある。治りきらなかった古傷だ。そこをさすると、記憶があふれてきた。

研修でだれもが教わる、『カメラを構えてはいけないエリア』というものが都内に点在する。なんでもない公園の片隅などで、薬物の売買が行われていたりするのだ。

私ははじめての尾行調査で舞い上がり、それを忘れてカメラを取り出した。とたん、複数の男に囲まれた。

車で待機していた同僚がすぐに気づいて駆けつけてくれたので、私は言葉で脅しを受けたのと、カメラの取り合いになったはずみで転び、ひじをけがしただけで済んだ。

だけど、すぐに起き上がれないくらいにはショックだった。

そして私以上に、ボスがダメージを受けた。

家に帰された私を、夜、彼が見舞いに来た。私は正直なところ、高校生のころ、夜道でだれかに抱きつかれたときよりは、精神的な回復が早かった。なぜなら私の行動との因果関係がはっきりしていたからだ。無差別で理不尽な暴力の対象にたまたまなってしまったのとは違う。

ただボスには、私をこの世界に入れた負い目があった。

『率直に言うと、お前を辞めさせたいよ』

『絶対にいやです。同じ失敗は二度としませんから。体を鍛えろというのであれば、空手でもボクシングでもやります』

食ってかかった私を、ボスがまあまあと手でなだめる。

『無理に辞めさせたりはしないから安心しろ。だが本当に、そういうものを覚えておくよう、アドバイスしておくべきだったと悔いてる……』

力のない声を聞いて、私はびっくりした。ラグの上にあぐらをかいているボスは、私より青い顔をして、ため息をついている。

ボスの目が、私の腕に落ちた。半袖シャツから出た二の腕からひじにかけて、包帯が巻かれている。念のため行った病院で、手厚く手当てをしてくれた。

『大仰《おおぎょう》に見えますけど、打撲と擦り傷です。骨に異常はないそうで』

『よかった』

『しっかりしてください。私はなにもされてないです。脅されただけですよ』

『そりゃ、あとから言えることだろ。その場では、脅されるだけで済むなんてわからなかったはずだ。暴力ってのは、それがあるんだよ。被害者からしたら、最悪の可能性が何通りもある。その可能性への恐怖が、反撃も封じるんだ』

さすが元警察官、と言いたくなった。

言われてみれば、そのとおりだ。高校のときの出来事もそう。結果的に『抱きつかれただけ』だったから、私はなにが恐ろしかったのか、自分自身にも説明できなかった。だれかから『抱きつかれただけでしょ』と言われたら心が壊れてしまいそうで、真剣に相談できず、友だちとの間で、気持ちの悪い笑い話にするほかなかった。

自覚できていなかった恐怖を肯定してもらうと、改めて、男たちに囲まれたとき、自分がどれほど怯えていたか実感する。震えてきた手を、もう片方の手で押さえた。するとさらにその上に、大きな温かい手が重なった。

『ジョー、大丈夫か』

大きな恐怖を感じた反動だったのかもしれない。もしくは私の中に、もとからそういう図太さが眠っていたのかもしれない。

やった、と思った。

ボスの負い目を、今なら最大限、利用できる。

『……ダメですって言ったら、そばにいてくれますか？』

『とにかく眠れ。寝つくまでいてやるから』

『寝つくまで？　本当に？　絶対ですか？』

急に熱心に食いついた私に、ボスはぽかんとした。ボスの手の下から右手を抜き、上に重ねる。私は一世一代の賭けに出ている気分で、緊張で指先が氷のように冷えていた。ボスはそれすらも、私に都合がいい方向に誤解してくれるに違いない。

『もし眠れそうになかったら、ひと晩中でも？』

『……まあ、そうなるが……』

『いてください、ボス』

彼の肩に手を置いた。一日着ていたワイシャツは、体温を吸って温かい。呆然と私を見返していたボスが、私の真意に気づいたように瞬きをする。

『ジョー』

『はい』

『それは、ダメだ』

『どうして？』

『どうしてって……』

『知ってるでしょう、ボス』

ゆっくりと顔を近づける。

『私はずっと、さみしいんです』

間近で見るボスの目に、さまざまなものがよぎるのがわかった。憐み、共感、責任感、罪悪感、それと……それなりの年月をかけて育った、私への情。

ボスが揺らいでいる隙を逃したくなかった。私は肩に置いていた手を、彼のうなじにすべらせようとした。だけどそれより早く、ボスの手が私の耳に触れ、髪をかき分けて、頭を引き寄せた。

最初は様子を探るような、数秒押しつけるだけのキス。

唇を離して、しばし見つめ合う。やがてボスは苦笑して、それから笑みを消すと、なんとも言えない表情を見せた。

痛みをこらえているような、熱に浮かされているような。

二度目のキスは深く、熱く、私は安心した。

こんなキスができるなら、私たちは上司と部下の関係を飛び越えられる。

だけどやっぱり不安で、床の上で抱き合ってキスをしながら、私は尋ねた。

『私を抱けます？』

ボスはくっと笑うと、照れ隠しのように顔をそむけ、私の耳を噛んだ。

『今、やってるだろ』

このときまで、私は誠以外の男性はほとんど知らない状態で、まあ、どこもこんなものだろうと、それなりにいろいろわかった気になっていた。

この夜、私はこれまで経験してきた行為が、いかに幼稚で忙しなく、独りよがりなものだったかを、思い知ったのだった。

浴場を出てロビーに行くと、籐のテーブルの上に『ご自由にどうぞ』のシールがついたタブレット端末が置かれていた。

なぜかふと、秋芳隆生のことが思い浮かぶ。

『いい加減、あなたのことも教えてくれていいと思うんだけど』

『本職でしょ？』

『調査しろってこと?』

……あれは、『調べていい』という意味でいいんだよね?

私はそばのソファーに座って、端末をひざに置き、ウェブブラウザを起動させた。

検索窓に彼の名前を入れる。『秋芳』は一発変換できるのか、なるほど。

個人の名前を検索するというのは、仕事でしょっちゅうやっているにもかかわらず、対象が知っている人となると、うしろめたく感じる。

検索結果のページを見て、驚愕した。

本人らしき検索結果がずらっと並んでいる。写真もある。スナップじゃなく、著者近影とか宣材写真みたいな、ああいう写真だ。

三種類ほどの写真があちこちで使われているようで、色味や画質やサイズ違いのものがいくつも見つかる。どれもあまり笑っていなくて、私の印象と違う。

さらに驚いたことには、ウェブ百科事典に彼の項目があった。

秋芳隆生、日本の映像作家。大学を卒業後、カリフォルニア州の Bautista college にてCG/アニメーションを学び……え?

企業のCMライブラリにディレクターとして彼の名前があったり、SNSのアカウントが見つかったりする中に、彼の個人サイトらしきものがあった。

リンクをタップすると、白い背景に大小の写真が敷き詰められた、現代的なサイトに飛ぶ。すべて風景写真だ。都会のビル群もあり、青空と砂みたいな景色もある。どれもがはっとするほど色鮮やかで、今にも空気が動きだしそうで……と見ていて気がついた。これ、写真じゃない。動画のサムネイルだ。

いてもたってもいられず、端末を置いて銭湯を出た。

マンションまで走って帰り、部屋に着くなりPCを起動する。さっきと同じように秋芳隆生の名前を検索し、彼のサイトにたどり着いた。

上部に、気づいてくれなくてもいいですよ、とでも言っているみたいに、シンプルなフォントで二行のテキストがある。

RYUSEI AKIYOSHI

DIRECTOR

そうなんだ。

これが、あなたなんだ。ようやく知った。

一番大きいサムネイルをクリックする。

それは街角の風景だった。どこにでもありそうな雑居ビルと、忘れ去られたような民家。朝焼けの色から始まって、やがて日が昇り、空が淡い青から真っ青に染まって入道雲が湧き出し、庭木が色づき、灰色っぽく寒々しい木々にしなびた柿の実がぶらさがり、急に赤々と空が燃えだしたかと思うと、こちらの目を射るような夕焼けが一瞬ひらめき、夜になった。

見終わったあと、しばらくぼんやりしていた。

定点カメラで撮った写真を繋いだ、いわゆるタイムラプス動画というものであることはわかる。朝から夜に変化する間に、四季を駆け抜ける構成だ。

ほかのサムネイルをクリックする。企業のCMやMVもあれば、なにに使われたのかわからない、プライベート作品らしき映像もある。

夕食を取るのも忘れて、すべての映像をくり返し見た。

気づいたら、カーテンの外が明るくなっていた。

＊　＊　＊

「いやー、ぶっちゃけ、悩んでます」

「そうなの？　虹太郎くんはふたつ返事で行くかと思ってた」

週明け、お互いデスクワーク日となった私と虹太郎くんは、ランチに出た先で『引き抜き』について話をした。実情としては引き抜きとは言わない気もするんだけれど、かっこいいからと彼がそう呼びたがったのだ。

バス通りに店を構える人気のメンチカツ屋は、昼どきになると店先にベンチが並ぶ。そのひとつに私たちは陣取った。虹太郎くんは鼻をぐずぐず言わせているが、外で食べる気持ちよさが勝ったらしい。

「なんでそう思うんです?」

「新しいこと好きそうじゃない? フットワークが軽いっていうか」

「まあ、合ってますね」

うなずいて、メンチカツサンドをかじる。

「でも俺、今の会社、好きなんですよ」

「それは、わかるよ」

「ていうか、ボスが好きなんです。あの人に憧れて入ったんで」

「そうなの!?」

初耳だ。特別ボスに懐いている印象もなかった。そう言うと、「いやいや」と照れくさそうににやにやする。

「いまだにこう、緊張するっていうか。学生のとき、興味本位で探偵向けセミナーに行ったら、講師がボスだったんですけどね。元刑事で、探偵会社の社長で、なんかもう渋いじゃないですか。絶対この人の下で働こうって」

人懐っこいわりに、あまり本心の深いところを見せない虹太郎くんの、秘めたる情熱を見た気分だ。

「橘さんのところに行っても、ボスを裏切ることにはならないんでしょうけど、まだボスの下にいたいかなあ。そういえば向こうの会社名、聞きました？　うちが『アイ』だから、あっちは『コイ』ですって」

「『コイ探偵社』ってこと？」

「『来い』にもかかって縁起がいいから、らしいですよ。社名を考えようとすると、みんなセンスが昭和に戻っちゃうんですかね」

「やめやめ。歳は平等に取るものだよ」

「俺、うちが『アイ』になった理由、好きなんですよ。プライベート・アイのアイとか、愛とか、いくつか説がありますけど、『自分』て意味の『I』だって、ボスがぽろっと漏らしてたことがあって」

「そうなの？　はじめて聞いた」

「酔ってたんで、思いつきかもしれませんけどね。でも、悩んでる人がうちに来て、日常と『自分』を取り戻してくれたらいいだろって言ってて」

へえ……。

「あと橘さんのとこ、運転手当がないらしいですよ」

「普通はないんだよ」

「えっ、そうなんですか？」

「うちは運転手当を入れて、世間一般の水準のお給料になってるの」

「ええー、じゃあジョーさん、向こうに行ったほうがお得じゃないですか」

「なにを得というかの問題でね」

こんな場所で、真剣な話し合いにはもちろんならない。やがて虹太郎くんが「花粉が限界突破」と鼻をかみだしたころ、私の隣の、ひとりぶんもないスペースに、どっかと人が座ってきた。

そんな隙間にわざわざ座る？

おかしな人だったら逃げよう、とこわごわ横をうかがうと、秋芳隆生だった。悠然と足を組んで、澄ましている。

「今日はこのへんで仕事なの？」

彼が振り向いた。

「あれ、『なにをしてる人なの？』じゃないんだ」

「お兄さん、もしティッシュを持ってたら、恵んでくれません？」

虹太郎くんが涙目で無心する。秋芳隆生は「ん」とパーカーやジーンズのポケットを叩いて、ポケットティッシュを取り出した。

「そこで配ってたのだから、紙質はあれだと思うけど」

「助かります。ジョーさん、俺、先帰ってますね。ジョーさんの帰社時刻、変えとくんで、一時間くらいぶらついてきていいですよ」

「ありがとう」

ティッシュで鼻を押さえながら、虹太郎くんは駆けていった。

私はふたりでゆったり座れるよう、あいた場所にずれた。すると、メンチカツ屋のレジ袋を、虹太郎くんが忘れていったのに気づいた。中にカツが一枚残っている。

「あげる。食べて」

「いいの？」

「ティッシュのお礼に。せっかくの揚げたてだから、食べてもらったほうが虹太郎くんも喜ぶと思う」

「じゃ、遠慮なく」

ぽかぽかした陽気を通り越して、暑いくらいだ。秋芳隆生がメンチカツにかぶりつくと、衣の砕けるいい音がする。

メンチカツの小袋を持つ、器用そうな長い指。明るめの髪に、日射しに透ける茶色い瞳。この人の中に、あの映像の世界があるのだ。

視線に気づいたのか、「なに？」と彼が横目でこちらを見る。

「あなたのことを調べたの。個人サイトが出てきて、作品を全部見た」

「全部って。けっこう時間かかったでしょ」

「でも見たの。私、写真も映像もくわしくないけど、感動したような気がする。すごくいいと思った。実を言うとひと晩じゅう見てたの。映画や本でもそんな夢中になったことないんだけど……どうしたの？」

メンチカツをくわえたまま、彼は天を仰いでいた。「いや」とか「まあ、さ」とか言いながら顔をこすっている。

「あんまり、面と向かってそんなふうに言われることってないから、さすがに恥ずかしくなったよね……」

驚いた。この人も、目を合わせられないほど照れたりするんだ。

「ファンからの反応とか、ないの？」

「なくはないけど。ファンの人は、もう、なんていうか、ファンの人じゃん」

「それ、わかるけど、理不尽な理論だと思う。ファンになったらいち個人じゃなくなるみたいな。私もあなたの作品のファンになったっていえると思うけど、そう言った瞬間にもう、私の言葉は響かなくなっちゃうの？」

「あんたは違う、違うよ」

彼は私のほうを見ないまま、慌ただしく手を振った。ごくんと口の中のものを飲み込み、包み紙を丸めながら、ようやくこちらを見る。

「あんたは……違う」

照れからかあせりからか、うっすら顔が赤い。

これまで不審者か、よくて謎の人くらいの認識だった彼が、今日はやけに人間くさく見える。

「わかった」

「あれを見たなら、俺がなんであんたを知ってたかも、わかったでしょ？」

「うん」

うちの会社の近くを、一定期間撮り続けたであろう映像があった。編集された映像では、歩いている人の姿は亡霊のようで識別できないけれど、あのアングルであれば、もとの素材には私が毎日のように映り込んでいただろう。

「でも、ボスとの関係は、なんで？」

「それは、たまたまふたりでいるところを見かけたの。こっちのほうじゃなくて、もっと向こうの、あの駅、何線っていうんだろ」

「私の家のほうね。外でべたべたしたことはないのにな」

「映像ディレクターの目をなめたらダメだよ。ひと目で、人に言えない関係だってことも見抜いたからね」

「あの映像、どうやって撮ってるの？　カメラをどこかに置いておくの？」

「一緒に来る？　ちょうど見回りに来たところだから」

一も二もなく、「行く」と言っていた。「よし」と彼は立ち上がり、おもむろにメンチカツ屋の店頭に向かう。店内の店主に「どうも」とあいさつすると、LPガスのボンベやら配管やらが壁を走る店の横手にすたすた入っていった。

店舗の奥は自宅になっているらしい。勝手口のような引き戸があって、その横に、もう使われていないであろう古びた郵便ポストが設置されている。

ポストの扉を開けて、彼が中をのぞき込んだ。

「うん、無事っぽい。見ていいよ、ほら」

手招きに従って、私も中をのぞく。手のひらサイズのカメラらしきものが、黒いテープで固定されていた。

「これ、今も撮ってるの？」

「撮ってるよ。もう七カ月くらい、ずーっと」

彼はケーブルでカメラと繋がっている機材を取り出し、中の電池を取り換えはじめる。そうか、長期の撮影は、バッテリー問題があるのか。

カメラが映しているであろう方角は、隣の空き地だ。建設予定地らしく、セメントの土台ができている。

「撮りはじめたときはあそこ、廃屋だったんだよね。取り壊す予定があるって聞いて、ここの店主さんにお願いして、カメラを置かせてもらったんだ」

「あちこちに、こういう場所があるの？」

どうりで、身軽で神出鬼没なわけだ。完全に腑に落ちた。

使用済みの電池をボディバッグにしまい、バッテリーのカバーを閉め、慎重にポストの中に戻してから、秋芳隆生はふうっと息をついた。

「けっこう大変なんだよ。カメラを置く場所にも神経を使うし、天候とか地震でダメになることもあるし、軒先に取りつけたカメラの上に、ツバメが巣を作っちゃって、回収できなくなったこともある」

ほのぼのしたエピソードに吹き出したけれど、よく考えたら笑いごとじゃない。時間をかけた調査が、鳥のせいでおじゃんになるなんて、考えたくもない。

「撮影許可が必要な場所も多いし、カメラを置くのに交渉もいる。猟に似てるかも。かかるかわからないけど、まずは罠を仕掛けないと始まらない。ほかに、スタジオで撮ったりCGを使ったりする仕事もあるしね」

「はじめて聞く世界すぎて、想像もつかない」

「俺も、どんな映像ができあがるか、いつも想像がついてない」

歯を見せて笑う彼につられて、私も笑った。

「俺の映像、どんなところが気に入った？」

雑草をかき分けて道路に戻る最中、彼が聞く。私は「色かな」と答えた。

「最初に見たとき、色があふれてるっていうか、こっちに押し寄せてくるような気がしたの。すごくカラフルってわけでもないのに。不思議だった」

「それはよかった。俺はね、赤と緑がよく見えないんだよね」

「え？」

聞き返す間に、彼は店主と親しげに会話し、残っていたコロッケをふたつ買った。

「これ、よかったらティッシュくんと食べて」

「いいのに」

「お世話になってるところでは、買い物するようにしてるから」

なるほど。

温かいレジ袋をありがたく受け取り、バス通りを歩く。私は会社に戻るつもりで歩いているけれど、彼がどこへ行く途中なのかはわからない。

「さっきの、赤と緑って?」

「生まれつき色覚に異常があって。たとえば信号の『赤』と『青』はだいたい同じ色に見える。もう少し青いと助かるんだけど」

「この仕事をするうえで、不利じゃないの?」

ジーンズのポケットに両手を入れて歩いていた彼が、笑った。

「俺なりに、切り取って残しておきたい風景があったからやってみた。そうしたら、いろんな人が『美しい』って評価してくれた。それでこの世界にいる」

ふいに吹いた風が、彼の髪を揺らす。そうか、だから彼自身、『どんな映像ができあがるか、いつも想像がついてない』のか。

「てことはまあ、なんとかなってるんだろうね。自分では天職だと思ってるよ」

「私も今の仕事を、そう感じてる」

「そりゃいいね、続けないと。あの社長さんとは結局どうなったの？」

「終わったよ、もちろん」

言葉にすると、胸に来るものがある。ただ思ったよりは痛くない。たまたま今この時間が楽しくて、心が軽いおかげかもしれないけれど。

「私につきあってくれてただけだって、やっと客観的になれた」

「ていうより、癒してくれてたんじゃないの」

「癒して？」

「あんた、やっぱり傷ついてたんだと思うよ。元彼くんが亡くなって」

私は眉をひそめた。

「傷つける側じゃなくて？　かろうじてそれを免れた立場だと思ってたんだけど」

「だからこそ罪悪感でいっぱいだったんでしょ。あの社長さんと出会ってからも。聞いててそう感じたよ。あの人もそれがわかったんじゃない？」

「ずいぶん優しい解釈をしてくれるのね」

「結局あんたの一方通行だったんだよって言ってるんだけど、通じてない？」

ふっと笑いが漏れた。秋芳隆生も、一緒になって笑う。

私が思うに、私はつまり、思い上がっていたのだ。

ボスにとって、私は最初から、共犯なんかじゃなかった。罪悪感を共有しているつもりでいたのは私だけで、ボスはずっと自分を責めていた。

自分だけを。

『悪かったな、本当に』

あのひと言が、すべて。

もうボスに、なにも背負わせたくない。

「で、これからどうするの？」

「ちょうど、うちで働いてた人が新しい会社を作ってね、そこに誘われたの」

「行くの？」

「迷ってる」

「ならやめなよ。好きな人からわざわざ遠ざかるなんて、健康に悪いよ」

声を出して笑ってしまった。

健康に悪い、か。確かにそのとおりだ。ボスから離れたら、私は生きてはいけるだろうけれど、きっと、生きているだけになる。

「その新しい会社って、近く？」

「ううん、ちょっと離れてる。エリアがかぶらないようにって、あえて」

「やっぱりやめたほうがいいよ。だって俺のテリトリー、このへんだもん」

子どもみたいな主張に、また笑う。

健康に悪いとか、お得とか。

そんな理由で人生の次の一手を決めるのも、ありなのかもしれない。

ほしいものを見つけて、必死で手に入れて、その必死さを理由に自分を正当化して。

いざとなったらだれかが地獄に落としてくれると、都合よく他人任せにして、罰される覚悟があることで許されているつもりになって。

気づけば九年たっていた。

「引っ越そうかなあ」

「いいんじゃない？　ついでに捨てたいものもあるでしょ」

「なんでそう鋭いの？」

まさにボスのスウェットのことを考えていた私は、出鼻をくじかれたような気持ちでふくれた。

会社が見えてきた。秋芳隆生は、機嫌よさそうににこにこしている。

「俺、不動産運いいから、家探し手伝うよ」

「なんでわざわざ、あなたに引っ越し先を教えるようなまねを」

「いい加減、俺のこと、名前で呼んでくれない？」

少し前までの私みたいな口調だ。

名前と言われても……。

「……秋芳さん？」

試したとたん、彼がおなかを抱えて笑いだす。

「『秋芳さん』！　あんた心の中で俺のこと、『秋芳さん』って呼んでたの？」

「呼んでないから！　そっちこそ私の名前、知ってるの？」

「『ジョーさん』でしょ？」

「それはあだ名」

目に溜まった涙を拭いている彼に、名刺を渡す。文字を追う彼の眉間に、だんだんとしわが寄っていく。

「よつのやって読むの、それ」

「社長さんにはなんて呼ばれてるの？」

「ジョー。職場ではみんなそう」

「じゃあ俺はみつるって呼ぶよ」

いつしか私たちは会社の前に着き、足を止めて向かい合っていた。

「好きにして」

しまった。答えるまでに一拍あいてしまった。

そんな私を、満足そうに彼が見つめる。

人生の中の長い時間を、無駄にしたとは思わない。恋愛をしていたのだ。

愛と呼べるほど崇高なものではなかったかもしれない。でも、恋といえるくらいの情熱は、あったと思う。

そうだ、私は恋をしていた。はじめての恋を、ボスに。

もしかしたら、今もまだ。

「それじゃ、仕事に戻らないと」

「連絡先は？」

「そこに書いてあるでしょ」

「これ仕事用だよね？」

連絡先であることには変わりない。

不満そうな顔の彼をあとにして、円筒型のビルのエントランスをくぐった。日なたにいた名残りで、屋内が青ざめて見える。

こういう色を、隆生の感性はどうとらえて、どう表現するんだろう。

私が立ち止まっても工事は進み、木は実をつけ、季節は変わる。私がどんなにがんばってもツバメは巣を作るし、人は不実なパートナーに泣く。

私はとても取るに足らない存在で、でも私の人生の主人公であり、代役はいない。

過去は消えない。こんな自分でなんとか満足しながら、厚かましく生きるしかない。

完璧じゃないなりに、できるかぎりの人生を。

階段に足をかけたとき、真新しい感覚が体を駆け抜けた。

これが、最初の一歩だ。

END

ファンレターのあて先

〒104-0031
東京都中央区京橋1-3-1
八重洲口大栄ビル7F
スターツ出版株式会社　書籍編集部　気付

本書へのご意見をお聞かせください

お買い上げいただき、ありがとうございます。
今後の編集の参考にさせていただきますので、
アンケートにお答えいただければ幸いです。

下記URLまたはQRコードから
アンケートページへお入りください。
https://www.berrys-cafe.jp/static/etc/bb

愛してるけど、許されない恋
【ベリーズ文庫極上アンソロジー】

2023年4月10日　初版第1刷発行

著　　者　白山小梅　©Koume Shiroyama 2023
　　　　　桜居かのん　©Kanon Sakurai 2023
　　　　　鳴月齋　©Naruheso 2023
　　　　　西ナナヲ　©Nanao Nishi 2023

発 行 人　菊地修一
デザイン　カバー　ナルティス
　　　　　フォーマット　hive & co.,ltd.
校　　正　株式会社文字工房燦光
編集協力　鈴木希
編　　集　須藤典子
発 行 所　スターツ出版株式会社
　　　　　〒104-0031
　　　　　東京都中央区京橋1-3-1　八重洲口大栄ビル7F
　　　　　TEL　出版マーケティンググループ　03-6202-0386
　　　　　(ご注文等に関するお問い合わせ)
　　　　　URL　https://starts-pub.jp/
印 刷 所　大日本印刷株式会社

Printed in Japan

乱丁・落丁などの不良品はお取替えいたします。
上記出版マーケティンググループまでお問い合わせください。
定価はカバーに記載されています。

ISBN 978-4-8137-1418-7　C0193

ベリーズ文庫 2023年4月発売

『孤高の御曹司は授かり妻を絶え間なく求め愛でる【財閥御曹司シリーズ黒凪家編】』 葉月《はづき》りゅう・著

幼い頃に両親を事故で亡くした深春は、叔父夫婦のもとで家政婦のように扱われていた。ある日家にやってきた財閥一族の御曹司・奏飛に事情を知られると、「俺が幸せにしてみせる」と突然求婚されて!? 始まった結婚生活は予想外の溺愛の連続。奏飛に甘く溶かし尽くされた深春は、やがて愛の証を宿して…。

ISBN 978-4-8137-1414-9／定価726円（本体660円＋税10%）

『冷徹富豪のCEOは純真秘書に甘美な溺愛を放つ』 若菜《わかな》モモ・著

自動車メーカーで秘書として働く沙耶は、亡き父に代わり妹の学費を工面するのに困っていた。結婚予定だった相手からも婚約破棄され孤独を感じていた時、勤め先のCEO・征司に契約結婚を持ちかけられて…!? 夫となった征司は、仕事中とは違う甘い態度で沙耶をたっぷり溺愛! ウブな沙耶は陥落寸前で…。

ISBN 978-4-8137-1415-6／定価726円（本体660円＋税10%）

『愛はないけれど、エリート外交官に今夜抱かれます～御曹司の激情に溶かされる愛育婚～』 紅《くれない》 カオル・著

両親が離婚したトラウマから恋愛を遠ざけてきた南。恋はまっぴらだけど子供に憧れを持つ彼女に、エリート外交官で幼なじみの碧唯は「友情結婚」を提案! 友情なら気持ちが変わることなく穏やかな家庭を築けるかもと承諾するも――まるで本当の恋人のように南を甘く優しく抱く碧唯に、次第に溶かされていき…。

ISBN 978-4-8137-1416-3／定価726円（本体660円＋税10%）

『だって、君は俺の妻だから～クールな御曹司は雇われ妻を生涯愛し抜く～』 黒乃《くろの》 梓《あずさ》・著

OLの瑠衣はお見舞いで訪れた病院で、大企業の御曹司・久弥と出会う。最低な第一印象だったが、後日偶然、再会。瑠衣の母親が闘病していることを知ると、手術費を出す代わりに契約結婚を提案してきて…。苦渋の決断で彼の契約妻になった瑠衣。いつしか本物の愛を注ぐ久弥に、瑠衣の心は乱されていき…。

ISBN 978-4-8137-1417-0／定価726円（本体660円＋税10%）

『愛してるけど、許されない恋【ベリーズ文庫極上アンソロジー】』

ベリーズ文庫初となる「不倫」をテーマにしたアンソロジーが登場! 西ナナヲの書き下ろし新作『The Color of Love』に加え、ベリーズカフェ短編小説コンテスト受賞者3名（白山小梅、桜居かのん、鳴月齋）による、とろけるほど甘く切ない禁断の恋を描いた4作品を収録。

ISBN 978-4-8137-1418-7／定価748円（本体680円＋税10%）

ベリーズ文庫 2023年4月発売

『8度目の人生、嫌われていたはずの王太子殿下の溺愛ルートにはまりました～お飾り側妃なのでどうぞお構いなく～3』 坂野《さかの》真夢《まむ》・著

敵国の王太子だったオスニエルの正妃となり、双子の子宝にも恵まれ最高に幸せな日々を送るフィオナ。出産から10年後――フィオナは第三子をご懐妊！ 双子のアイラとオリバーは両親の愛情をたっぷり受け逞しく成長するも、とんでもないハプニングを巻き起こしてしまい…。もふもふ達が大活躍の最終巻！

ISBN 978-4-8137-1419-4／定価748円（本体680円＋税10%）

ベリーズ文庫 2023年5月発売予定

Now Printing

『【財閥御曹司シリーズ】第二弾』 玉紀直《たまきなお》・著

倒産寸前の企業の社長令嬢・澪は、ある日トラブルに巻き込まれそうになっていたところを、西園寺財閥の御曹司・魁成に助けられる。事情を知った彼は、澪に契約結婚を提案。家族を救うために愛のない結婚を決めた澪だが、強引ながらも甘い魁成の態度に心を乱されていき…。【財閥御曹司シリーズ】第二弾！

ISBN 978-4-8137-1426-2／予価660円（本体600円＋税10%）

Now Printing

『エリート救急医は不遇の契約妻への情愛を滾らせる』 佐倉伊織《さくらいおり》・著

車に轢かれそうになっていた子どもを助け大ケガを負った和奏は、偶然その場に居合わせた救急医・皓河に処置される。退院後、ひょんなことから和奏がストーカー被害に遭っていることを知った皓河は彼女を自宅に連れ帰り、契約結婚を提案してきて…!? 佐倉伊織による2カ月連続刊行シリーズの第一弾！

ISBN 978-4-8137-1427-9／予価660円（本体600円＋税10%）

Now Printing

『魅惑な副操縦士の固執求愛に抗えない』 水守恵蓮《みずもりえれん》・著

航空整備士をしている芽唯は仕事一筋で恋から遠ざかっていた。ある日友人に騙されていった合コンでどこかミステリアスなパイロット・愁生と出会い、酔った勢いでホテルへ…！さらに、芽唯の弱みを握った彼は「条件がある。俺の女になれ」と爆弾発言。以降、なぜか構ってくる彼に芽唯は翻弄されていき…。

ISBN 978-4-8137-1428-6／予価660円（本体600円＋税10%）

Now Printing

『国際弁護士と切甘懐妊契約婚～愛してるから、妊娠するわけにはいきません～』 蓮美《はすみ》ちま・著

弁護士事務所を営む父から、エリート国際弁護士・大和との結婚を提案された瑠衣。自分との結婚など彼は断るだろうと思うも、大和は即日プロポーズ！　交際0日で跡継ぎ目的の結婚が決まり…!?　迎えた初夜、大和は愛しいものを扱うように瑠衣を甘く抱き尽くす。彼の予想外の溺愛に身も心も溶かされて…。

ISBN 978-4-8137-1429-3／予価660円（本体600円＋税10%）

Now Printing

『きっとキミは、運命の人～記憶を失ったはずなのに、溢れる想いは止められない～』 田崎《たさき》くるみ・著

恋愛経験ゼロの萌は、運命的な出会いをした御曹司の遼生と結婚を前提に付き合うことに。幸せな日々を過ごしていたが、とある事情から別れることになり、やがて妊娠が発覚！　密かに娘を産み育てていたら、ある日突然彼が目の前に現れて!?　失われた時間を埋めるように、遼生の底なしの愛に包まれていき…。

ISBN 978-4-8137-1430-9／予価660円（本体600円＋税10%）

タイトル、価格等は変更になることがございますのでご了承ください。

Berry's COMICS
ベリーズコミックス

各電子書店で
単体タイトル
好評発売中！

『ドキドキする恋、ありえます。』

NEW

『クールなCEOと社内政略結婚!?①～⑤』
作画：猫原ねんず
原作：高田ちさき

NEW

『傲慢な御曹司様は恋の奴隷になりたい①～③』[完]
作画：彩木
原作：あさぎ千夜春

NEW

『冷徹旦那様との身ごもり結婚事情①～③』[完]
作画：星野正美
原作：吉澤紗矢

NEW

『最愛婚―私、すてきな旦那さまに出会いました―①～②』
作画：孝野とりこ
原作：西ナナヲ

NEW

『冷徹社長の執愛プロポーズ～花嫁契約は終わったはずですが!?～①』
作画：七星紗英
原作：あさぎ千夜春

NEW

『偽装新婚～イジワル御曹司の溺愛からは逃げられない～①』
作画：杉原チャコ
原作：一ノ瀬千景

『※この恋は事故です!―副社長と私のワケあり同居生活―①～③』[完]
作画：黛こえだ
原作：高田ちさき

『極上社長は愛しの秘書を独占したい①～②』
作画：あづ左倉
原作：葉月りゅう

電子コミック誌
comic Berry's
コミックベリーズ
各電子書店で発売！

毎月第1・3金曜日
配信予定

amazon kindle　コミックシーモア　Renta!　dブック　ブックパス　他